U0058566

華志文化

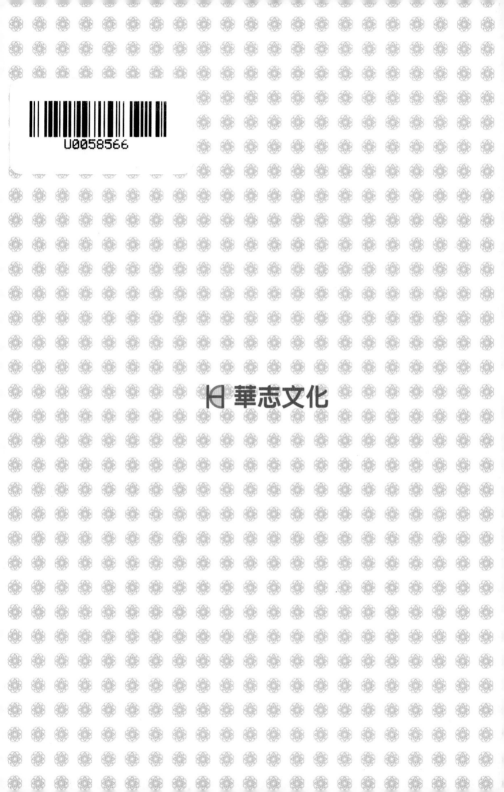

華志文化

有趣的對聯小故事

點燃一盞對聯詩詞之燈

李屹之◎編著

聆聽詩詞故事，領略名人智慧
穿越歷史長河，感受文化燦爛

古典詩詞是中華民族五千年燦爛文化的結晶，是我國文學寶庫中的瑰寶，也是民族的文化精髓。對聯，又稱楹聯或對子，對聯在日常生活中，應用非常廣泛。春節貼春聯，結婚貼喜聯，祝壽送壽聯，弔唁送挽聯，入住新居貼新居聯，各行各業開業貼行業聯等，凡慶賀場面，對聯都有用武之地。對聯已經成為一種文化習俗。

前言：有趣的對聯小故事

對聯，又稱楹聯或對子。對聯在日常生活中，應用非常廣泛。春節貼春聯，結婚貼喜聯，祝壽送壽聯，弔唁送挽聯，入住新居貼新居聯，各行各業開業貼行業聯等，凡慶賀場面，對聯都有用武之地。對聯已經成為一種文化習俗。

賞古代楹聯趣話，汲民間文化甘泉。輕閱讀，重趣味，在本書娓娓道來的故事中體會傳統楹聯文化的魅力。「對聯故事」旨在選取傳統文化中的某一要素，用明白曉暢的語言講述活潑動人的故事。本書透過有趣的故事，介紹了楹聯這種傳統文學形式的產生、發展、演變和繁榮。讓我們在故事中瞭解傳統文化，喚醒文化記憶，感受傳統的魅力。

對聯是我們中國特有的文化樣式，內容涉及廣泛，幾乎在我們的生活中時時處處可見。對聯和春聯不完全一樣，我們可以說春聯是對聯的一種，但不能說對聯就是春聯。據說春聯起源於後蜀孟昶，是五代十國時期的事情，但對聯則要早得多。作者在講故事的過程中融入了其對學習、生活、處世的理解，比如什麼是恕道、什麼是文化的力量等，使讀者透過這本書瞭解名人對聯故事的同時能有所收穫。

對聯可以根據不同的需要完成不同的情感表達，或嘲諷，或戲謔，或勸諫，或自勉，對廣大學生、教師及普通讀者感受對聯文化有一定指導作用。

總之，以其方便靈活成了文人交往的一種比較重要的方式。我們經常可以在對聯 中領會到奇情妙趣，特別是那些和名人有關的對聯故事，儘管有時可能不一定是真實的，但依舊能讓我們想像到故事主人公的風神。書中所選擇的故事主人公都是大家所熟知的，這也是對題中「名人」的具體落實。

目錄：

第一篇、巧對篇

CONTENTS

CONTENTS

第二篇、諷嘲篇

CONTENTS

CONTENTS

CONTENTS

第三篇、愛情篇

第四篇、慧童篇

CONTENTS

第一篇、巧對篇

武則天在金鑾殿召集翰林院諸學士，出題令其對答，她的上題是：

「玉女河邊敲𠯿棒，𠯿棒𠯿棒𠯿𠯿棒」。

學士們雖搜索枯腸，一時也未能找出合適的對題。一陣沉默過去，有個慣於獻媚的學士，似乎猜透了武則天的心思，忽地吟道：

「金鑾殿前呼萬歲，萬歲萬歲萬萬歲。」

第一篇、巧對篇

1 老臣妙對醒昏君

傳說，中國古代有位帝王，酷愛對聯，一度和朝中官員吟詩作對上癮成癖，竟不理朝政。老臣們紛紛進諫，皇帝充耳不聞，只當耳旁風。

「秋盡冬來，寒風凜冽，滴水成冰。」

皇帝據此即興吟一上聯：

天寒地凍，水無一滴不成冰，頓時，金鑾殿內響起一片喝采之聲。然而，沒有一人站出來對下聯的。少頃，忽見一位白鬍老臣走出文官之列，讓宮人取來文房四寶。提筆落墨，一揮而就。雙手將寫好的下聯呈給皇上。皇上接過來一看，頓時為之一驚，面帶慚色。只見下聯寫道：

「國亂民貧，王不出頭誰是主。」

半副聯驚醒了茫然然的君王。從此，皇上親臨朝政，料理國事。滿朝文武交口稱讚巧對諫君的老臣，一致保薦他當了宰相。

2 王羲之軍中吟聯

王羲之在任右軍將軍時，一天夜裡，他燃燈焚香，時而反背雙手，踱步行吟；時而伏案凝思，尋章求句。

正在他苦思之時，中軍將軍殷浩來訪，問道：「右軍，夜已深沉，尚未寢邪？」

羲之說：「我數日前小酌，乘興擬作一聯，上聯已得，但下聯終不如意。仁兄來得正好，望能賜教。」

於是羲之向殷浩說了上聯：

「把酒時看劍」

殷浩說：「何不以夜讀為題，索屬下聯？」

羲之聽此一言，如茅塞頓開，不禁拍案叫道：「多虧仁兄指點，下聯有了！」隨即寫了下聯：

「焚香夜讀書」

只短短十個字，便將軍帳內習武學文的情狀很好地表達了出來。殷浩慨然稱絕。

3 萬歲，萬歲，萬萬歲！

武則天稱帝後，特別喜歡臣民對她的吹捧，可不好直接說出自己的想法。她朝思暮念，終於悟出了「出題對答」的計策。

有一天，武則天在金鑾殿召集翰林院諸學士，出題令其對答，她的上題是：

「玉女河邊敲嘰棒，嘰棒嘰棒嘰嘰棒」。

學士們雖搜索枯腸，一時也未能找出合適的對題。一陣沉默過去，有個慣於獻媚的學士，似乎猜透了武則天的心思，忽地吟道：

「金鑾殿前呼萬歲，萬歲萬歲萬萬歲。」

武則天一聽，龍顏大悅，大加讚揚。從此，「萬萬歲」一詞便傳播開來。

萬歲乃祝頌歡呼之詞，原本無等級之分。秦漢以後，萬歲限於臣對君王的拜恩慶賀，也用作對皇帝的稱呼，詞義的範圍有所縮小。

4 冰凍兵排兵敲冰

宋代著名大才子蘇軾，才華出眾，詩文蓋世，他出任杭州知州時，一到任，就喜歡上了這塊風水寶地，除公務太忙外，餘暇時間就交友遊湖，飲酒吟詩。

這年秋天，蘇軾好友大文豪黃山谷來杭州看望蘇軾。一天，兩人遊玩了半天，有點累了，就到一寺院坐下飲茶，黃山谷見寺內有和尚在吃西瓜，於是來了雅興，順口吟出上聯：

「東塔寺和尚朝南坐北吃西瓜」

黃山谷在聯中嵌入「東」、「南」、「西」、「北」，要對此聯並非易事，但這難不住蘇軾，他朗聲念出下聯：

「春水庵尼姑自夏至冬穿秋衣」

蘇軾用「春」、「夏」、「秋」、「冬」四個「嵌」字，對上聯的「東」、「西」、「南」、「北」。

隨即，黃山谷又吟出一上聯：

「雪落媳房媳掃雪」

這句上聯「媳」、「雪」音近，又有兩個「媳」字，想對上也是不易的。蘇軾稍稍思索了一下，便吟出下聯：

「冰凍兵排兵敲冰」

兩人相視而笑。

5 蘇小妹妙續東坡聯

一日晚餐前，蘇東坡與其妹討論對聯寫作技巧，他給蘇小妹出了一個上聯要她對。這上聯是：

「水仙子持碧玉簪，風前吹出聲聲慢。」

小妹一聽，很感為難，因為上聯不禁擬人化，語句如同美麗畫卷，而且引出三個詞牌名字。正當她苦想之時，見一個丫鬟端著酒菜，在月光下徐步走來。她觸景生情，靈機一動，脫口吟道：

「虞美人穿紅繡鞋，月下引來步步嬌。」

東坡聽罷，不禁鼓掌稱妙。下聯恰到好處地嵌入「虞美人、紅繡鞋、步步嬌」三個詞牌和上聯詞牌遙相呼應，描寫人物場景栩栩如生。

6 蘇軾與黃庭堅互對

北宋詩人、書法家、「蘇門四學士」之一的黃庭堅與蘇軾來往甚密。一日，他與蘇軾在晚飯後閒步，但見暮靄沉金，水天一色，漁歌唱和，悠揚悅耳，於是出對道：

「晚霞映水，漁人爭唱滿江紅」

蘇軾稍加思索，便對道：

「朔雪飛空，農夫齊歌普天樂」

《滿江紅》和《普天樂》都是曲牌名，對得工整、自然，實屬精妙。

7 秦觀巧對蘇東坡

有一天秦觀與蘇軾乘船遊覽，忽見岸上有一個醉漢，騎著驢東倒西歪地走著。蘇軾隨即出對道：

「醉漢騁驢，步步顛頭算酒帳」

秦觀一時不能對出，思索之時，忽見船尾艄公搖著船一仰一俯的樣子，即對道：

「艄公繕櫓，深深作揖討船錢」

老艄公聽後，也不禁笑了起來。

8 松子落棋盤

一次，蘇東坡與黃庭堅遊山，到了中午，二人在松林中休息，便下起圍棋來。這時，一陣清風吹來，松子紛紛落入棋盤中，東坡隨口吟道：

「松下圍棋，松子每隨棋子落。」

黃庭堅一時無法應對，正在為難時，抬頭看見塘邊有位老翁在柳蔭下釣魚，於是續成下聯：

「柳邊垂釣，柳條常伴釣絲懸。」

9 雙月與半風

一天，佛印應約到蘇東坡住所，蘇東坡隨即出門迎接。這時，蘇小妹正在窗前捉蝨子，一見長兄和佛印迎面而來，脫口出對戲道：

「長兄門外邀雙月」

蘇東坡笑對下聯：

「小妹窗前捉半風」

上聯的「雙月」，即「朋」字；下聯的「半風」，即「虱」字。

10 佛印妙聯蘇小妹

宋朝時候，蘇小妹與佛印和尚（其長兄蘇東坡的好友），以對聯形式開了個玩笑。蘇小妹寫的上聯是：

「人曾是僧，人弗能成佛」

佛印和尚看後，知道這是蘇小妹在有意取笑於他，於是，提筆對一下聯，反戈一擊。聯曰：

「女卑為婢，女又可稱奴」

蘇東坡在一旁看了，連聲稱妙！

11 寇萊公妙句得佳對

北宋著名政治家寇準，十九歲時即考中進士，後來官至宰相，封萊國公，人稱寇萊公。

一次，朝中文武百官在御花園遊玩，寇準見荷花池中紅日倒映，十分美觀，頓發詩興，便向同遊的百官出了一個上句求對：

「水底日為天上日」

眾人感到這一寫景狀物十分巧妙又富有哲理的句子對起來難度頗大，思索良久亦不能對。這時群臣中有一位叫楊大年的走上前來對道：

「眼中人是面前人」

大家聽罷，齊聲稱妙。

12 客人巧對王安石

一日，王安石與一位來客對飲，王安石隨口出對道：

「老欲依僧。」

客人隨聲應對道：

「急則抱佛。」

王安石笑道：「我這個上聯，在前面加上一個『投』字，便成了

一句古詩——『投老欲依僧』。」

客人亦笑道：「我這個下聯，在句末加上個『腳』字，便成了一句諺語——『急則抱佛腳』。」

兩人把酒言歡，談得甚為投機，不禁相對大笑起來。

13 趕考巧對

據說，宋代王安石青年時期赴京趕考，住在舅父家裡。有一天，在街上看見一家門樓上掛著一隻走馬燈，上面寫著一條上聯：

「走馬燈，燈馬走，燈熄馬停步」

王安石不由脫口而出：「好對，好對。」

這家門樓的主人是馬員外，他的一位管家聽王安石說要對對聯，忙過來打招呼說：「請稍候，待我去稟報員外大人。」

王安石趕考心切，不等員外出來便急急忙忙地走了。到了京城後，考場上一切順利，由於平時用功，做起題來，思如潮湧，一揮而就。

寫作之餘，遊目四顧，偶爾看見廳前掛著一面繪有飛虎的彩旗，驟然使他聯想起走馬燈的事，凝目沉思，悟出了下聯，默念於心。

考試結束後，王安石返回舅舅家裡，途徑馬員外大門口時，等候已久的管家笑臉相迎，連聲親切地說：「恭候多時，請進室內，有事求教。」

原來這馬員外年過半百，僅有一女，年過二八，才貌出眾，尚未婚配。為招選一位才學富有之士為婿，於是擬出上聯，公開求對，對出者，許以婚姻。前來應徵的很多，而中意的一個也沒有。

王安石了解這一情況後，聯想到應試時所見彩旗情景，神態自若地對出了下聯：

「飛虎旗，旗虎飛，旗卷虎藏身。」

馬員外見對得如此工整、貼切，深為滿意，授意管家招他為婿。

14 農婦索聯

宋代書生賈仁赴京趕考，正是炎熱夏天，途中向一村婦討茶喝。村婦出了一個上聯向他索對：

「饑雞盜稻童筒打。」

這個出句用四個名詞：雞、稻、童、筒，一個形容詞「饑」，兩個動詞「盜、打」極簡略又生動地描述了一個生活場面：餓慌了的雞偷食穀子，一個小孩用竹筒追打。

而且，這七個字有三對諧音：「饑」與「雞」，「盜」與「稻」，「童」與「筒」。看來，這個出句很有難度，不易對上。

但賈仁怎甘示弱？就坐在茶亭裡冥思苦想。忽然，他看見茶亭的梁上趴著一隻老鼠，有人咳嗽一聲，老鼠便嚇跑了。賈仁從中得到靈感，對句有了：

「暑鼠涼梁客咳驚。」

「涼梁」，（老鼠）在梁上納涼，這是一種擬人手法。這個對句有也三對諧音（「暑」與「鼠」，「涼」與「梁」，「客」與「咳」），足與上聯匹配，共同構成一幅極富鄉村生活氣息的民俗畫卷。

15 萬隻陽鳥破煙雲

南宋某年秋日，大文學家朱熹踏山賞秋，此時天高雲淡，丹桂飄香，陣陣大雁從北方飛來。朱熹面對這樣的秋景，感觸頗深，自吟了一句上聯：

「一行朔雁，避風雨而南來。」

但下聯卻無從著落，他雖擬幾句下聯，但意境均不高，一時竟成絕對。此事傳出以後，一批舞文弄墨的人紛紛試著寫下聯，但對得都不夠工整。轉眼，到了來年春，學者陳孔碩帶兒子陳樺踏青時，陳樺聽父親講此絕對後，從鶯歌燕舞中悟出下聯：

「萬隻陽鳥，破煙雲而東去。」

小陳樺出手不凡，對得很是工整，朱熹聽說以後，對其大加讚賞。

16 朱元璋考子

朱元璋稱帝後，一年春天，他領二子出遊京郊，見風吹楊柳，便吟一上聯命二子各自續對，以試其才，聯曰：

「風吹楊柳千條線。」

太子對道：

「雨灑羊毛一片氈。」

四子朱棣對道：

「日照龍鱗萬點金。」

兩副下聯雖然都很工整、貼切，但在境界和氣勢上卻相差甚遠。朱元璋聽後，覺得太子下聯平淡、庸俗，而四子朱棣的下聯器度恢弘，將來必有作為，因而產生了「廢嫡立庶」的動機。後來，雖然未成事實，但朱棣封燕王後，在北方發展勢力，終於發兵南下，將惠帝廢掉，自稱皇帝。

17 解縉瓜攤妙續對

一天，解縉外出辦事，路上口渴，看到有一瓜攤，準備買瓜吃。瓜主人知道他能文善對，便說：「你若能對上我的上聯，吃瓜不要錢。否則，給錢也不賣！」

解縉聽罷，笑著答應。

瓜主人出上聯道：

「坐北朝南吃西瓜，皮往東甩。」

解縉隨口對道：

「思前想後讀左傳，頁向右翻。」

瓜主人又指著對面酒店燈籠說：

「一盞燈四個字酒，酒酒酒。」

解縉不假思索，脫口而出：

「二更鼓三面鑼框，框框框。」

瓜主人忙將切好的西瓜遞給解縉，並道：「先生真是奇才，在下佩服。」

18 對聯互明志

明太祖朱元璋，在攻姑蘇城時，他與武臣劉基題聯以對。朱元璋先就「天口」二字出一上聯：

「天下口，天上口，志在吞吳。」

劉基則以「人王」二字對了下聯：

「人中王，人邊王，意圖全任。」

19 書生聯對朱元璋

明朝時候，開國皇帝明太祖朱元璋，不但非常喜歡題聯，而且喜歡與人對句。

一天，朱元璋微服出訪，路遇一書生，遂問：「裡居何地？」「四川重慶府人氏。」書生答道。朱元璋隨即出一上聯：

「千里成重，重山、重水、重慶府」

朱元璋吟完之後，又命書生對出下聯。那書生發覺他如此喜好對聯，臉又特別長，猜想此人十有八九是當朝皇帝朱元璋，於是，恭聲對道：

「一人為大，大邦、大國、大明君」

20 皮褸披身假畜生

明朝萬曆年間，有個姓賈的官員狡猾多端，對百姓尖酸刻薄，喜歡以玩弄人取樂。一天，大雪之後，他身披貂裘大衣站在門外觀賞雪景時，鄰居倪家的孩子穿著木屐，從他眼前過去。他看到這孩子臉上長有痲子，就想拿人家的生理缺陷尋開心。

他把孩子叫到跟前，說要和他對對子，不等孩子答應，他就念了上聯：

「釘靴踏地泥（倪）痲子」

倪少年知道他是在嘲笑自己，心裡很生氣，但他強忍著沒回答，賈官員問：「你是不是不會對？」

倪少年說：「對是能對，但我不敢。」

賈官員說：「但對無妨。」

倪少年又說：「大人不記小人過，既然您不計較，那我可得罪您啦！」

「讓你說，你就說吧！」賈官員不耐煩地說。

倪少年慢條斯理地對道：

「皮襖披身假（賈）畜生」

賈官員聽了，面紅耳赤，又氣又惱，自討個沒趣，只好縮回家，什麼景也不想看了。

21 楊溥妙聯脫父役

明朝時候，湖廣石首（今屬湖南）有個書生，叫楊溥。生活拮据，家境貧寒，地方官要其父服役，楊溥因父年老體弱，苦苦哀求地方官免除父親服役。

地方官勉強應許，但要楊溥當面對對，對出下聯方可免除父役。地方官出對曰：

「四口同圖，內口皆歸外口管」

楊溥聽了，即巧妙含蓄地將請求地方官能夠積德性善，高抬貴手，免除父役的意思隱晦融合在對句裡。他對道：

「五人共傘，小人全仗大人遮」

地方官耳聞下聯，這分明是在誇讚自己，心裡暗自高興，又見楊溥的父親確實已是風燭殘年，難以服役，也就順水推舟，就此罷了。

22 陳白陽對唐寅

明代畫家陳道復號白陽山人。一日他與唐寅外出遊玩，來到一個花園，唐寅出對道：

「眼前一簇園林，誰家莊子？」

「莊子」指莊園，也指戰國時哲學家莊周寫的《莊子》。陳白陽

一時不能對，走著走著，忽見酒店牆上寫著「杜康佳技，太白遺風」，即對道：

「壁上幾行文字，哪個漢書？」

「漢書」一是說「漢子寫的」，一是指西漢史學家班固寫的《漢書》。

接著，兩人又來到一座道觀，道童用鍋煮茶招待他們。唐寅又出對道：

「道童鍋裡煎茶，不知罐煮（觀主）」

陳白陽略加思索，對道：

「和尚牆頭遞酒，必是私沽（寺姑）。」

說罷，兩人撫掌大笑。

23 挑和尚與抱秀才

祝枝山有一次與沈石田出行，看見田裡有一個尼姑挑著一擔禾走過來。祝枝山先出一聯：

「師姑田裡挑禾上。」

師姑，即尼姑。「挑禾上」，雙關語，諧音挑「和尚」。這是戲謔沈石田。沈是出家人。

沈石田應聲對出下聯：

「美女堂前抱繡裁。」

抱繡裁，諧音抱「秀才」。秀才暗指祝枝山。兩人對聯鬥嘴，旗鼓相當。

24 農家小事有奇聯

一次，唐伯虎同友人外出遊玩，看見一個村婦一面打掃亂柴，一面叫小叔子捆柴。他觸景生得靈感，得一上聯：

「嫂掃亂柴呼叔束」

完全是白描，但句中有兩處地方運用了諧音手法。「嫂掃」兩字

諧音，「叔束」兩字也諧音。因此，要對好有一定難度。友人正在低頭沉思之時，又看見一個少婦挑一擔水走來，不料這桶出了問題，突然裂開，水流一地。少婦便忙喚小姑子來把破桶箍緊。

這個司空見慣的場景一映入眼簾，唐伯虎友人便大喊「有了」，對出下聯：

「姨移破桶令姑箍」

下聯也是兩處諧音：「姨」與「移」，「姑」與「箍」，與上聯絕配。上下聯寫的都是最尋常不過的農家小事，但一經高手錘煉，便成千古妙對。

25 張靈對唐寅

一日，唐寅與友人張靈把酒對飲，喝得酩酊大醉。唐寅從椅子上掉下來，吟了一聯：

「賈島醉來非假倒。」

（賈島是唐代詩人，以苦吟聞名。）

張靈捧著酒杯又一飲而盡，歪在了椅子上，對道：

「劉伶飲盡不留零。」

（劉伶，西晉「竹林七賢」之一，以嗜酒著稱。）

26 信手拈來作佳對

相傳，明代文學家蔣燾，幼年的時候就機敏過人。一日，他父親的一位朋友來訪，談話之餘，那友人想試探蔣燾的才學，眼看著的窗外的早春雪雨，於是出一上聯，讓蔣燾應對。其上聯是：

「凍雨灑窗，東二點，西三點」

蔣燾知道這是一句拆字聯，正準備遣字覓句，忽然，看見母親正在切地瓜片，真是喜出望外，他向著父親的朋友對道：

「切瓜分片，橫七刀，豎八刀」

那位朋友一聽，心中大喜，禁不住為蔣燾的妙對拍案叫絕。

27 翰林應對頌皇帝

明朝皇帝嘉靖的壽誕之期，文武百官紛紛送上壽禮。嘉靖唯獨喜愛壽軸、壽聯，他想從這些禮物中找一副有新意的好對聯，可總也找不到，心中十分不快，他決定在皇壽筵前出個難題來測驗一下這些官員們胸中究竟有無文墨。

壽筵開始，文武百官入席，嘉靖宣布：「朕有一聯，對得上的，賜御酒三杯，對不上的，點酒不飲。」遂念道：

「洛水靈龜獻瑞，天數五，地數五，五五還歸二十五，數數定元始天尊，一誠有感。」

眾官聽後，思索良久也無人能夠應對。一個個只是默默地低著頭。

嘉靖掃視著群臣，臉色越來越不好看。正在這時，末席轉出一個人來，此人是進士出身，當個閒職翰林，他俯伏金階，口稱「微臣不量力，狂妄應對，以博聖上一笑。」隨著對道：

「岐山彩鳳呈祥，雄聲六，雌聲六，六六總成三十六。聲聲祝嘉靖皇帝，萬壽無疆。」

嘉靖聽罷大喜，賜御酒三杯，職位恩加一品。

28 狀元巧對宰相

明朝宰相葉向高，有一次路過福州府，看望新科狀元翁正春，談笑之間，葉向高說：「老夫今晚恐怕進不得西門了。」翁正春聞聽此言，便知他打算在這裡留宿，便道：

「寵宰宿寒家，窮窗寂寞」

葉向高見此話全是寶蓋頭的字，稍加思索，便對道：

「客官寓宦官，富室寬容。」

次日，用罷早膳後，翁正春送葉向高上路，經過一池塘時，葉向高說：「翁公昨夜講窮窗寂寞，我看未必，您看，七鴨浮塘，數數三雙一隻。」

翁正春尋視池塘，當即對道：

「尺魚躍水，量量九寸十分」

29 解縉一聯寫婚喪

從前，有個大戶人家，臘月二十九這天要娶媳婦。可不幸偏偏在這時候降臨了，這天剛吃過早飯，老當家的突然去世。按照習俗：年前死了人，必須年前埋。恰逢這年又是個小盡，明天就是大年初一了。改婚期吧，不行，親戚朋友都已經到齊了，賀禮也收了一大堆。於是決定先把人掩埋以後，再舉行婚禮。

在這特殊情況之下，這對聯該怎麼寫呢？帳房先生抓耳撓腮怎麼也寫不來，就連村裡的幾個秀才也不知如何下筆。恰巧，解縉這天也在這家幫忙，有人見他挑著水桶走了過來，就提議讓他寫一副對聯。帳房先生不以為然地搖搖頭，解縉一見他這副神氣，放下水桶，拿起筆來，蘸飽墨，刷刷點點很快寫出了上聯：

「遇喪事，行婚禮，哭乎笑乎，細思想，哭笑不得」

帳房先生一見，吃了一驚：啊呀，起筆不凡！

解縉頭也不抬，又是一陣緊寫，下聯又出來了：

「辭靈柩，入洞房，進耶退耶，再斟酌，進退兩難」

解縉把筆一放，挑上水桶走了。

帳房先生忙喊：解先生，對聯橫批還沒腦兒哩！

解縉回過頭，喊了四個字：

「樂、極、生、悲！」

30 解解元妙對樂樂府

有一次，解縉遊山口渴，走進一家草廬要茶喝。一位白髮老人問他是何人，解縉出口答道：「吾解縉解元是也。」

老人笑道：「你就是號稱神童、善對對聯的解縉？想喝茶，好，請你先對下聯。」

解縉說：「老丈請講！」

老人即出句道：

「一碗清茶，解解解元之渴。」

解縉一聽，覺得這三個解字連用，還真不易對出。茶且慢喝，先

聊了起來，他得知老人姓樂，過去是朝廷樂府的官員，又見壁上掛著七弦琴，便說：「請老丈撫琴，我自有對。」

「好！好！」老人取琴，彈奏了一曲《高山流水》。解縉笑著說：「請聽下聯！」接著高聲念道：

「七弦妙曲，樂樂樂府之音。」

「妙！妙！絕妙！」老人讚不絕口，於是捧了上好的清茶讓解縉品嚐。

原來，老丈出句的「解解解」三字，三音三義：第一個是動詞，解除的意思；第二個是解縉的姓；第三個是解縉的身分，解元。

解縉對句的「樂樂樂」三字，也是三音三義，恰好與「解解解」為對：第一個是動詞，喜歡的意思；第二個是老丈的姓；第三個是指老人的身分，樂府，在樂府供職的人。巧出巧對，留下一則聯壇佳話。

31 牛金星一聯當軍師

明末農民起義領袖李自成領兵住在商洛山區，派尚炯到京城偵探情況。一日，尚炯在大街上碰見了老朋友牛金星，談得非常投機，牛金星就隨尚炯來商洛山，見了李自成。

一天，尚炯拿著文房四寶來找牛金星。說是受李自成囑託，請他寫一副對聯。

牛金星乃舉人出身，才學出眾，他略一思索，提筆寫道：

「大澤龍方蟄，」

「中原鹿正肥。」

尚炯把這副對聯交給李自成，李自成看罷大喜，這上聯是說李自成胸懷大志，腹有良謀，就像一條暫時蟄居大澤的潛龍，終有飛騰之日；下聯以「鹿」比政權，權李自成出兵商洛山，開闢中原根據地，以逐鹿中原為戰略目標，來完成推翻明王朝，建立新政權的大業。

以後，李自成就用牛金星為軍師出商洛山，轉戰南北了。

32 妙聯解邊危

相傳，明朝末年，北方邊關有一外族藩邦興兵犯境，統兵元帥名叫張斌。他自恃文武雙全，文可安邦，武可定國，於是先派一使者給明朝守關將領送一個上聯，當面揚言：如果對得出下聯，自動退兵。上聯是：

「弓長張，文武斌，張斌元帥，統領琴瑟琵琶八大王，單戈叫胥。」

在明朝守關將府內，文武官員一個個都在搜腸刮肚，冥思苦想如何對下聯。很長時間都沒有人能夠對上來，最後，還是軍師才高一籌，對出了下聯：

「一人大，日月明，大明天子，橫掃魑魅魍魎四小鬼，合手擒拿。」

藩邦使者將下聯帶回，張斌看了始料不及，不禁大驚失色。心中暗想：看來明朝也是藏龍臥虎啊，絕不能輕舉妄動，況且有言在先，便立刻傳令退兵，再也不敢前來犯境了。

33 長老巧對康熙

清康熙皇帝愛惜人才，只要發現賢才，不管富貴貧賤，他都要不拘一格地量才擇用。一天，康熙聽說有一位和尚很有才學，便請他來宮中下棋，康熙連弈三盤皆告負。康熙對和尚說：「朕欲賜長老御宴，只是時光尚早，不如拈聯答對，湊趣助興，不知長老意下如何？」

和尚起身叩謝道：「謝聖上隆恩。貧僧斗膽，請賜上聯。」

康熙出聯道：

「山石岩下古木枯，此木是柴。」

康熙心想：我這聯拆了「岩」、「枯」、「柴」三字而且文氣連貫，下聯要對得好，談何容易。

不料，和尚略一思索，即對道：

「白水泉邊女子好，少女真妙。」

康熙一聽，這下聯對得無懈可擊，實在是妙極，頓時龍顏大悅。

御宴開始了，康熙面帶笑容，起身舉杯，讚歎地說：「長老才思敏捷，朕不及也！來，朕敬你三杯醇酒。」和尚推辭不過，只得喝下。

自此以後，御前百官中便多了一個和尚。

34 紀曉嵐妙對得還鄉

清朝乾隆年間的才子紀曉嵐，二十四歲在鄉試中名冠第一，後來中了進士，當了侍讀學士。紀曉嵐成天陪著乾隆皇帝讀書，天長日久，就覺得這種生活單調無聊，心中苦悶不樂。這份心事，被乾隆皇帝看出了幾分。

一天，乾隆皇帝半開玩笑地對他說：依我看，你是：

「口十心思，思妻、思子、思父母。」

紀曉嵐是位學富五車的聰穎才子，認真揣摩皇帝的話，這分明是一副析字聯的上聯，如果自己對得好，合悦龍心，說不定會准許自己回家探親。他立即雙膝跪下，虔誠地說道：「如蒙陛下恩賜，返裡省親一面，我紀昀是：

「言身寸謝，謝天、謝地、謝君王。」

乾隆皇帝聽罷，龍顏大悅，當場恩准紀曉嵐探親。

35 李調元出門搬「山」

清代，四川綿陽高才李調元，學貫古今，才識廣博，特別善於吟聯題對。傳說，李調元到廣東當學政時，有一個姓傅的書童，想試探一下李調元的文才，就打聽著李調元走馬上任這天，故意在必經之路，用三塊石頭壘成一座石橋模樣，等待李調元到來。

過了一段時間，李調元果然乘轎子經過此處，因石頭阻路，轎夫一腳把壘的石橋踢毀了。姓傅的書童見狀，假裝生氣，上前對轎夫不依不饒，李調元撩起轎簾一觀，見是一個童子，就下轎勸解。書童乘機對李調元說：「久慕李相公善對，小人這裡有一上聯，不揣冒昧，當面請教，假如李相公肯賞臉的話，就請賜對下聯。」

李調元見這一書童要與他對對，高興地點了點頭，道：「不妨事，只管吟來。」那書童道：

「踢破壘橋三塊石。」

李調元一聽，便知書童出的是拆字聯，於是，欣然對出下聯：

「搬開出門兩座山。」

那姓傅的書童聽了，連聲說：「對得好！對得妙！李相公果真才華出眾，名不虛傳，小人佩服！佩服！」說著，趕忙把路上的三塊石頭搬走了。

36 劉爾炘奇思聯絕對

晚清翰林劉爾炘，晚年隱居在蘭州的風景名勝五泉山，自號「五泉山人」。據說山上的亭、橋、館、閣楹聯，多出自於他的手筆。當年，一位朋友曾撰一上聯，請劉爾炘續對下聯。上聯是：

「此木為柴山山出」

「此木」相聯為「柴」，兩山疊羅為「出」。上聯除去「為」以外，其餘六字，字字關連，頗難應對。然而，劉爾炘卻信手拈來地對以：

「因火成煙夕夕多」

這下聯裡，「因火」合併為「煙」，「夕夕」相疊為「多」。對仗工整，意思連貫，可謂絕對！

37 各有所思

從前，有兩家聯婚成親，男方姓潘，女方姓何。在定親的時候，女方的父母說：「我的女兒別無所望，唯求過門之後，一日三餐，吃飽而已。」男方父母說：「我們也別無所盼，但願媳婦進門之後，生兒育女，留個後代罷了。」有多才之士據此，在結婚之日贈一賀聯：

「有水有田方有米」

「添人添口便添丁」

上聯「水、田、米」合成「潘」字；下聯「人、口、丁」並為「何」字，聯語雖短，但既分拆雙方的姓氏，又隱含著雙方的心願，真是妙極。

38 三口白水二個山人

在杭州西湖的天竺頂上有一座茅草搭成的庵寺，取名為「竺仙庵」。庵邊有個泉眼，泉水清澈見底。庵中二人，經常汲泉水煮茶品嚐。有一副對聯懸於庵門，聯云：

「品泉茶，三口白水；」

「竺仙庵，二個山人。」

這副對聯，拆字真切無痕。上聯「品」拆分「三口」，「泉」分拆「白水」；下聯「竺」分拆「二個」，「仙」分拆「山人」。使人讀來，和諧自然，妙聯！

39 老秀才與窮書生

從前，一個老秀才出門歸裡，在路上遇見一個乞丐模樣的窮書生，饑餓難忍，伏在山泉邊喝水。他便出聯問道：

「欠食飲泉，白水何以度日？」

書生本是書香門第，只因天火降臨，家產焚盡，雙親俱喪，孑然一身流亡在外，煞是可憐。他聽老秀才語氣憐憫熱切，勾起腹內愁腸。不由長歎一聲，對出下聯：

「才門閉卡，上下無邊逃生。」

老秀才一聽，暗自稱妙。於是，手拉著書生回到自己家中，讓他一面教兒子讀書，一面自己攻讀，以圖日後求取功名。果然，這個書生後來中了進士。

40 光棍難拿

傳說從前鄉下有個書生，早已到成家的年齡，卻因家境窘迫，沒錢娶妻。這位書生，非常仗義，好打抱不平。凡有鄉親們受欺侮的向他求助，他便代寫狀子到衙門裡申訴，常常打贏官司，鄉里人都很感激他。

由於他經常主持正義，打擊邪惡，因此得罪了不少非作歹的惡人。這些人將他視為眼中釘，於是便設計誣告他，書生被拘到官府。

升堂審問，縣官看他是個書生，且對他的名聲早有耳聞，便問道：「你既是書生，可會作對？」

書生道：「我來作對，如探囊取物一般容易。」

縣官聽他口氣，竟未將自己放在眼裡，便喝道：「這裡有一上聯，對上便罷，否則嚴辦。」接著，出上聯道：

「雲鎖高山，哪個尖峰敢出？」

書生隨口答對：

「日穿漏壁，這條光棍難拿。」

書生說完，掉頭大步而出，縣官及滿堂衙役只好由他走了。半天，人們才琢磨出「光棍」二字的妙處：壁上有洞，日光射進，形成一條「光的棍子」，當然沒法握住；而他自己這條「光棍」，沒有犯罪，自然衙門裡也「難拿」了！

41 秀才棺材並一材

從前某地有個迂秀才，原本才疏學淺，卻總是孤芳自賞，喜歡舞文弄墨，吟詩作對，以此在人前炫耀自己博學多才。

一天，秀才剛走出大門，來到巷口，便碰上一個賣花女。賣花女手提著一大一小兩籃鮮花，大街深巷，府第蓬門，沿街叫賣。秀才見她長得如花似玉，頓起色心。他故意裝癡作傻，拿起一枝鮮花放到鼻尖聞聞嗅嗅，又向著賣花女擠眉弄眼，說聲：「好香啊！」接著，他拎起小花籃，笑著要賣花女和他對對子，如果是他贏了，賣花女就要送他一籃鮮花。花女也胸有成竹地問他：「若是你輸了又如何呢？」秀才心想，斗大的字識不幾籮的村姑，休想贏得過我秀才。於是爽快地說：「若是輸了，買你一籃花！」秀才開口念道：

「**小籃也是籃，大籃也是籃，小籃放到大籃裡，兩籃共一籃。**」

秀才上聯既出，賣花女一時無對。秀才得寸進尺地說：「怎麼樣，這回我不買花，就要買人了。」賣花女即景生情，指著街對面的「四門店」——棺材鋪裡大小棺材，朗聲對答：

「秀才也是才，棺材也是材，秀才放到棺材裡，兩材並一材。」

秀才聽罷，瞠目結舌，無辭以對，只好自認晦氣，一溜煙走了。

42 李東陽訪友吟聯

一日，李東陽到友人家做客，見花瓶被風吹倒，隨口吟道：

「東風吹倒玉瓶梅，落花流水。」

那友人即對以：

「朔雪壓翻蒼徑竹，帶葉拖泥。」

43 倫文敍巧對拆字聯

有一座山寺，有個僧人根據該寺境況，想做副對聯，只想出了上聯，卻未做出下聯。他便把那上聯掛在寺中，希望遊客對出下聯，他的上聯是：

「竹寺等僧歸，雙手拜四維羅漢。」

「竹寺」合成「等」，雙「手」合成「拜」，「四維」合成繁體「羅」。

有一天，廣東南海（今佛山市）人倫文敘到寺裡遊覽，看了那上聯，當即對了下聯：

「木門閒客至，兩山出小大尖峰。」

「木門」合成「閒」，兩「山」合成「出」，「小大」合成「尖」。

僧人們看了，齊聲稱讚對得精妙。

44 周漁璜對老先生

周漁璜考中了翰林，第二年春天，回家鄉探親，四鄉五鄰親朋好友在當年周漁璜讀書的學堂裡，大擺宴席，給他接風洗塵。人們請周漁璜坐了上席，又特意用轎子把當年教周漁璜讀書的高老先生抬來，

請他坐在席上陪客。

高老先生覺得把自己安排在學生座位之下，心中不悦，便乘著酒興對周漁璜說：「學生大人這次回家探親，真是四鄉鄰里的無尚榮幸，老朽願在大人面前獻醜，出一小對，以助酒筵之樂。」

周漁璜連忙起身，向老先生拱手施禮，微微一笑，說：「先生德高望重，學生應該多多請教。」

老先生點點頭，隨口念道：

「鼻孔子，眼珠子，珠（朱）子高於孔子？」

周漁璜斟上一杯酒，恭恭敬敬地雙手端到老先生面前，深深地鞠了一躬，說：「學生因先生教誨才有今日。請先生先飲此杯，學生才敢放肆。」

老先生雙手接過酒杯，一飲而盡，說：「豈敢，豈敢，大人乃朝廷命官，老朽冒犯了。」

周漁璜說：「學生才疏學淺，對得不當，還望先生海涵，多加指教。」接著，大聲對道：

「眉先生，鬍後生，後生長過先生。」

老先生聽罷，拍掌大笑，說：「好對子！好對子！不愧我的好學生！」

45 周漁璜對長老

周漁璜奉旨閱兵江淮，一日，到金山寺遊覽，金山長老聽說他生於「蠻荒之邦」，便露出鄙夷的神色。當時恰好暴雨驟至，淋打著江邊的沙灘。長老故作謙遜說：「貧僧偶爾想到一個上聯，不知下聯如何應對，懇請賜教。」接著念道：

「雨打沙灘，沉一湁，陳一湁。」

周漁璜當即指著祭壇上搖曳不定的燭光對道：

「風吹蠟燭，流半邊，留半邊。」

長老聽了，驚歎不已：「奇才，奇才！」

46 鄭板橋題聯贈漁民

一天，鄭板橋乘船到興化北鄉去，行到中堡湖，已是夕陽西下。鄭板橋端坐船頭，觀賞著傍晚時的湖光山色，只見艘艘漁船上輕煙嫋嫋，漁歌陣陣，一彎新月映照湖面，細浪如銀。好一幅「湖光月色圖」啊。鄭板橋觸景生情，脫口吟道：

半灣活水千江月

他正在沉思下聯，狂風驟起，湖水巨動，小船被打翻，人被拋在水中。附近回家的小船趕忙攏來，把他和船家救到船上，並熱情地讓他們到莊上換衣服、用晚飯。漁民們告訴鄭板橋：這裡湖中出魚蝦菱藕，岸上產稻麥果蔬，湖中還產一種大蚌蚌中還有綠豆大的珍珠呢。鄭板橋沉浸在漁家的歡樂之中，是啊，這裡一滴水、一粒沙都是寶呢，真是「一粒沉沙萬斛珠」啊！

臨別時，漁民朋友請他寫幾個字，他提筆寫了：

「半灣活水千江月」

「一粒沉沙萬斛珠」

漁民們請石匠將此聯刻在一塊石碑上，留做紀念。

47 大臣巧對徵乾隆

生性風趣的乾隆皇帝，每當退朝回內廷時，常對幾位機要大臣說：「上朝行君臣之禮，退朝圖友誼之歡，諸卿不必拘泥。」

一天，他與幾位大臣在內廷打麻將牌，一張八仙桌圍坐君臣四人。乾隆忽然提問道：「八仙指哪八位仙家？」

一個大臣回稟道：「八仙者，指呂洞賓、漢鐘離、曹國舅、張果老、李鐵拐、韓湘子、藍采和、何仙姑也！」

乾隆說：「他們當中看來是七個男的一個女的了？」

那大臣說：「是的。」

乾隆遂出一上聯，要大臣們對：

「七男一女同桌凳，何仙姑怎不害羞？」

大臣並不深思，隨口對道：

「三宮六院多姬妾，聖明主理當自愛。」

乾隆一聽這下聯明明有警戒之意，因此臉色陡變。那位大臣倒是不急不慌，從容不迫地問乾隆道：「皇上，臣所對工是不工？」

乾隆再一吟哦，覺得這下聯對得確實工整，且對得頗有道理，因此怒意漸消，笑著對這位大臣說：「對得妙，為君者理當自愛。」

當時，在場的文武官員無不為那位大臣捏著一把汗。

48 劉乃香巧對李元度

清代道光舉人李元度，工於文學，頗有才名。四川人劉乃香慕名專程去拜訪他，想當面試試他的才學。相見後，劉乃香問道：「貴姓？」

李元度從容地吟道：

「騎青牛，過函谷，老子姓李。」

老子指春秋末道家學派創始人李耳，他曾騎青牛出函谷關。這裡的「老子」，又是李元度倨傲的自稱，一語雙關。

接著李元度又反問劉乃香「高姓」，劉乃香高聲應道：

「斬白蛇，入武關，高祖是劉。」

高祖指西漢開國皇帝漢高祖劉邦。他當江蘇沛縣亭長時，於豐凱撒中起事，路遇白蛇擋道，他醉中「拔劍擊斬蛇」。後來，自武關入秦，戰勝項羽，即帝位。這裡的「高祖」，又指曾祖父的父親，是劉乃香倨傲的自稱，也是雙關語。

李元度聽了劉乃香的對句，深為讚賞。兩人握手言歡，數日方散。

49 東西當鋪當東西

傳說，乾隆南巡時，一行人馬來到順天通州，乾隆很高興，隨即出了一句上聯：

「南通州，北通州，南北通州通南北。」

乾隆讓隨從人員對出下聯，眾人想了半天，面面相覷，誰也對不

出來。乾隆以目示紀曉嵐，紀曉嵐本不想對，但皇上點到頭上了，只好對道：

「東當鋪，西當鋪，東西當鋪當東西。」

乾隆讚歎不已。

50 死個和尚添一如來

相傳，清代文學家、書法家何紹基一次出遊，路經湖南瀏陽南邦寺時，剛好碰上寺內有一個和尚圓寂。古寺長老早聞何紹基大名，便要請他寫一副挽聯。何紹基提筆就寫：

「南邦寺死個和尚」

和尚們一看大嘩，認為何大人有意戲弄他們。但何紹基不動聲色，馬上又續出下聯：

「西竺國添一如來」

「西竺國」即印度，佛教中的西天極樂世界。「如來」，佛教中的最高佛祖。死個和尚，卻成了佛祖。下聯化平淡為神奇，有扭轉乾坤之力。

51 乾隆賀喜

清代乾隆皇帝好詭，某次出巡江南，途見一農家操辦喜事，於是送上三個銅錢和一句上聯，道是：

「三個銅錢賀喜，嫌少勿收，收則愛財。」

誰知主人也是個知書才子，隨即對上一句：

「兩間茅屋迎賓，怕窮莫進，進為貪吃。」

52 「滑稽大師」對友人

清末，某日，廣州「滑稽大師」何談如與友人同遊珠江，友人即

景出對道：

「珠海船如梭，橫織波中錦繡。」

友人限他在短時內對出下聯，不料，他稍加思索，即道：

「羊城塔似筆，倒寫天上文章。」

（羊城即廣州。）

53 豆角與石頭巧對

從前，有一位私塾先生因事外出，行前給學生留下一道對對題，上聯是：

「風吹豆角豆角與豆角鬥角。」

先生走後，學生苦思苦想，總是對不出來，便跑出門到後山山泉裡去洗澡，看到泉水沖石，忽有所悟，於是湊出下聯：

「水沖石頭石頭與石頭實頭。」

「實頭」為北方方言，即以頭撞地。晚上，先生辦完事歸來，一見學生的對句，大加誇獎，說是對得好！

54 樵女智鬥財主

相傳四川一位姓王的老漢與孫女相依為命，種瓜為糧，賣柴維生。其孫女正值青春妙齡，長得花容月貌，常與其爺爺一起擔薪上市。當地一位年過花甲姓錢的財主看中了她，密謀取之。

王老漢上市放薪之地恰在錢財主家院旁，錢派人在老漢放薪之處埋了一隻斷頸銀貓。次日清晨，王老漢把重達百餘斤的乾柴剛放落地，錢財主家人便狂奔過去，掘起銀貓對王老漢嗚呼：

「銀貓銀貓，引頸如龍，仰頭似虎，價高萬伍，你知否？」

王老漢哪有一萬五千元賠償？錢財主便提出要王老漢的孫女以身抵價。

晚上回家，王老漢茶飯不沾口，坐在床上長歔短歎。老漢的孫女得知實情後，安慰爺爺道：「爺爺，我有辦法對付他。明天任何人喊

開門你均不要作聲……」

次日天還沒亮，錢財主帶領一些家丁直奔王家，連呼「開門」。王老漢咬牙不語，錢財主從門縫偷看，見王家孫女正在桐油燈下習書，錢財主便急忙破門而入。突然，有一似玉杼的東西從門頂落地碎成三片。王家孫女上前怒曰：

「玉杼玉杼，織絲泛影，梳網流星，身貴千金，誰敢賠？」

銀不及金也，一萬五千元怎能買千兩金子？錢財主心虛，快快而逃。此後，王老漢與其孫女照樣擔薪負炭上市出售，卻發現在賣薪之處有一白紙，上書黑如塗鴉幾個大字：

「賣柴少女，蛇腰墨乳羅圈腿。」

老漢的孫女看罷，以碎炭為墨，舊帚為筆，在錢家牆上疾書：

「開鋪姓錢，狗肺狼心絕子人。」

錢財主見了，惱羞成怒，暴跳如雷，命家丁去抓王家爺女，孰知他們已遠走他鄉，離開了這塊是非之地。

55 罵出來的對聯

黃照臨，號碧川，清中葉湖南澧縣人，主持過澧陽書院，是個很有才學的人。碧川少時，一次看見幾個小孩子用鋤頭在一堆亂瓦中挖青蛙，忽得一句：

「娃挖蛙出瓦；」

久思無對，只好作罷。二十年後，他擔任陝西某縣知縣，一天騎馬不小心踏進了路邊的麻田。麻田主人是一個老媽子，狠狠罵了他一頓。這一罵，倒把他二十年沒有對出的下聯「罵」出來了：

「媽罵馬吃麻。」

這是一副很有生活氣息的對聯。它的特別之處是上下聯各有四字聲韻完全相同，僅僅是聲調有所不同。而且，上聯四字與下聯四字也是同韻！

56 三星白蘭地

相傳民國初年，重慶有一酒家，在門口放一瓶「三星牌」白蘭地酒，並出一上聯徵對：

「三星白蘭地」

對者非常多，最後中獎的是一位青年的一副下聯：

「五月黃梅天」

這是一副絕妙無情對。上聯與下聯毫不相干，但字面上字字絕對。「黃梅天」，五六月間為梅雨季節，叫「黃梅天」。

有好事者將這副對聯上下顛倒，聯尾停頓，各加一字，成為如下一聯：

「五月黃梅天，濕；」

「三星白蘭地，乾！」

以「乾」對「濕」，反義詞相對。同時，「乾」字雙關，又是「乾杯」的意思。

57 蔡鍔買筆

蔡鍔是湖南省邵陽蔣河橋鄉人，六歲啟蒙讀書，十一歲師從邵陽名人樊椎，十二歲中秀才。一八九五年春，湖南省學政江標到寶慶（今邵陽）舉行歲試。蔡鍔跟隨父親蔡正陵從鄉下來到寶慶城裡。

一天，蔡鍔到著名的寶元文具店買筆。老闆見他小小年紀便來府城應試，十分高興，拿著一束筆說：「我出個上聯，若能對著上聯，這束筆就送你。」老闆的上聯是：

「小學生三元及第。」

蔡鍔擺著小腦瓜，對曰：

「大老闆四季發財。」

說完，拱手作揖，接過筆束，笑嘻嘻地離開了文具店。

58 茶酒聯趣

民國時期，福建泉州有一位富商，在市北角建了一座茶樓，因地方較偏僻，來喝茶的人不多。

後有人給富商出個主意，讓富商請人為茶樓題了一條向顧客徵求下聯的上聯，懸掛在茶樓門口，並誇下海口，有能對出下聯者，到茶樓白喝茶一年，還贈特等好茶十斤。懸掛的上聯是：

「為名忙，為利忙，忙裡偷閒，飲杯茶去。」

這副上聯掛出後，果然有不少文人墨客前來茶樓品茶對句，但始終沒有妙句對出，不過，茶樓生意確實紅火起來。

一天，一位學者裝束的人走進茶樓，問：「哪位是老闆？」

此時恰巧富商在座，忙迎上前來，問：「先生有何吩咐？」

學者裝束的人說：「老闆掛聯求對，賞賜可是當真？」

富商說：「絕無戲言。」

學者裝束的人說：「好！」然後要來紙筆，一揮而就：

「勞心苦，勞力苦，苦中尋樂，拿壺酒來！」

對句一氣呵成，與上聯相映成趣，富商連連稱妙，忙吩咐手下人去準備茶酒。

59 何叔衡代答對聯

何叔衡同事，一九一八年參加革命，曾任工農民主政府監察人民委員、最高法院院長、內務都人民委員等職。一九三五年二月二十四日在福建長汀突圍時，不幸壯烈犧牲。

何叔衡早年曾在湖南家鄉附近的寧鄉雲山學校教書，有一次，當她從學校回到家裡時，發現鄰居家那個在私塾讀書的小男孩正在傷心地哭泣，於是她便撫摸著孩子的頭問他為什麼哭。起初孩子不肯說，經再三催問，才道出原委——原來塾師要他對對子，如果明天不能對好交卷，就要挨板子。

何叔衡問：「先生出的什麼對聯呀？」

那孩子說，先生出的上聯是：

「世上少有蠢伢子」

何叔衡聽罷，心想這個塾師對學生非但不正確的啟發誘導，反而用對聯諷刺刁難，真是豈有此理，便說：「不要哭了，我幫你對下聯。」

孩子這才轉憂為喜，何叔衡笑著念道：

「人間難得好先生」

又說：「交上去，保險不會挨板子了。」

那孩子念念這下聯，笑了。

60 日出尼姑白水來

一學生機智聰慧，老師提出的問題往往能夠對答如流。一日，老師出兩個字讓他對，出曰：「月明。」學生對曰：「日出。」老師出：「和尚。」學生答曰：「尼姑。」老師又出：「青山。」學生對曰：「白水。」老師再出一字：「去。」學生應聲曰：「來。」老師將出句串起來念道：

「月明和尚青山去」

學生也將自己的對句串起來念道：

「日出尼姑白水來」

第二篇、諷嘲篇

明代南海人霍韜，字渭先，號渭崖，正德年間進士，官至禮部尚書協掌詹事府事。有一次，他看中了一座寺廟的位址，打算在那裡建一處私宅，於是便下令讓當地縣令將寺廟裡的僧人趕走。

僧人們被逼無奈，只得遷出。離開的時候，一個僧人在牆上題寫了一副對聯：

「學士家移和尚寺」

「會元妻臥老僧房」

第二篇、諷嘲篇

1 東坡諷主持

一日，蘇東坡到一座寺廟遊覽，聽說寺裡的主持品行不端，心中不免厭惡。可那主持對大名鼎鼎的蘇東坡畢恭畢敬，招待甚周，還死皮賴臉向蘇東坡求字。

蘇東坡捉筆在手，疾書一聯：

「日落香殘，去掉凡心一點；」

「火盡爐寒，來把意馬牢拴。」

那主持將聯懸於高處，許多文人見了皆捧腹大笑。原來這副對聯道出兩個字謎，謎底乃「禿驢」也！

2 東坡佛印互嘲

蘇東坡被貶黃州後，一日與好友佛印和尚在江上泛舟。蘇東坡忽然用手往左岸一指，笑而不語。

佛印順勢望去，只見一條黃狗正在啃骨頭，頓有所悟，隨手將自己手中題有蘇東坡詩句的蒲扇拋入水中。兩人面面相覷，不禁大笑起來。

原來，這是一副絕妙的諧音啞聯。蘇東坡的上聯是：

「狗啃河上骨」

佛印的下聯是：

「水流東坡詩」

「河上骨」諧音為「和尚骨」，「東坡詩」諧音為「東坡屍」，用的是諧音雙關法。兩位好友都多才善謔，可謂旗鼓相當，誰也沒占著便宜。

3 唐伯虎作趣聯

一位富商請唐伯虎為其商店寫副對聯，唐伯虎揮筆寫道：

「生意如春意，財源似水源。」

本來這副對聯是對生意人生意興隆，財源廣進的很好祝願。但富商卻是左瞧右看不滿意，因為他覺得聯中對大發財、多發財說得不夠明顯，要求唐伯虎重寫一副。唐伯虎感到既好笑又好氣，也不推辭，揮筆又寫一副：

「門前生意好似夏夜蚊蟲陣進陣出」

「櫃裡銅錢真如冬天蝨子越捉越多」

富商見後，滿意地頻頻點頭，接過對聯，千恩萬謝地離去。

4 解縉吟聯治縣官

有個自以為才華出眾的縣太爺，從不把文人雅士放在眼裡。一日傍晚，解縉從縣太爺門口經過，適逢下雨，便想進門避避。正巧見縣太爺在堂前踱步，神態傲慢。解縉想：我今天倒要治他一下，於是便隨口吟道：

「雨阻行人，誰是行人之友？」

縣太爺一抬頭，見是頗有文名的小解縉，但他根本不把解縉放在眼裡，只是傲慢而懶懶地對道：

「天留過客，我為過客之東。」

解縉聽罷，乘機跨入大堂，往太師椅上一坐，繼續吟道：

「客既來兮，足下且設魚肉宴。」

縣太爺又對道：

「客已至矣，廚中苟呈肚胖湯。」

當晚，縣太爺客堂裡燭火通明，酒肴上桌，解縉毫不客氣地大吃了起來。縣太爺看在眼裡，怒在心中：你解縉居然放肆地吃喝起來了，哼，現在別得意，我要叫你好來不好走，讓你嘗嘗我的厲害！便吟道：

「嫩筍初烹，片片難入君客口。」

解縉一聽，這縣太爺話中生刺，弦外有音，於是便針鋒相對地反擊道：

「老薑細切，條條嚼斷主人筋。」

至此，縣太爺才嚐到了年輕解縉的辣味。他忍著氣，好不容易陪到三更，便想草草收兵，低聲道：

「譙樓上叮叮咚咚，三更三點。」

解縉明知縣太爺要的是脫身之計，卻裝做渾然不解的樣子，舉杯答道：

「畫堂前你你我我，一口一盅。」

「這……這……」縣太爺無可奈何，只好陪解縉一直喝了下去。

兩人一直喝到天亮，縣太爺被拖得精疲力盡，但內心仍然不服，還想刁難解縉，他不開大門，卻開後院小門送客，又說：

「惡犬無知嫌地窄。」

解縉即對道：

「大鵬展翅恨天低。」

縣太爺在解縉即將離去時說：

「惡客無情，去去去，今朝快去。」
解縉卻笑著回答：
「賢東有趣，來來來，明日再來。」
縣太爺聽罷，真是哭笑不得，只好佩服地向解縉打躬作揖。

5 徐晞白衣嘲科第

明代江陰有個徐晞，聰敏好學，才華橫溢，未經科舉考試而進身吏員，一直擢升為兵部尚書。一些科舉出身的官員們認為他是白衣出身，沒有「功名」，便有些看不起他。有一次一夥科舉出身的秀才舉人們串通一氣，糾合縣官，在縣衙門請客，想讓徐晞出醜。縣官指著桌子上的水果為題，讓大家作對聯。徐晞看破他們的用意，便順口吟了一聯道：

「劈破石榴，紅門中許多酸子，」
「咬開銀杏，白衣裡一個大仁。」（仁：人也）

這副對聯隱喻那些科舉出身的紅門秀才，有不少沒有什麼學問的酸子，而自己雖然出身白衣，卻是不同凡響的大人物。那群紅門秀才，舉人們聽了啞然自羞，不得不佩服徐晞之才。

6 霍尚書自討沒趣

明代南海人霍韜，字渭先，號渭崖，正德年間進士，官至禮部尚書協掌詹事府事。有一次，他看中了一座寺廟的位址，打算在那裡建一處私宅，於是便下令讓當地縣令將寺廟裡的僧人趕走。

僧人們被逼無奈，只得遷出。離開的時候，一個僧人在牆上題寫了一副對聯：

「學士家移和尚寺」

「會元妻臥老僧房」

霍韜考進士時，得第一，即會試第一名，稱「會元」。對聯既是寫實，更巧妙地含有尖銳辛辣的諷刺。霍韜看到後，感到羞愧，便打消了這個念頭。

7 兄弟相戲

明朝時期，內鄉縣有位學士叫李癰，字子田，官任翰林檢討，從事掌修國史的工作。他有個弟弟名叫李蔭，字襲美，為增廣生員，即增額的生員。

李癰因為弟弟官職卑微，多年不見長進，便給他寫了一封信，並在信中附了一個上聯，加以嘲謔：

「爾今年增廣，明年增廣，不知爾增得幾多，廣得幾多？」

李蔭接到兄長的書信後甚喜，但看了上聯後又有些掃興，於是以禮相還，也將李癰的職位入聯相對：

「君今年檢討，明年檢討，不知君檢得什麼，討得什麼！」

李氏兄弟以對句相互戲諷的事，在同僚中一時傳為笑談！

8 徐文長巧對知府

一日，徐文長在杭州賦詩作畫，得到人們的讚揚，杭州知府得知後大不以為然。便把徐文長召來同遊西湖，要同他對對聯句，答對不上，就要把徐文長趕出杭州。徐文長鎮定自若，爽快地答應了他。但見知府指著六和塔，朗誦出他的上聯：

「六塔重重，四面七稜八角」

徐文長聽了，並不開口，只是揚了揚手。知府認為徐文長對不上，心中暗自歡喜，便又得意忘形地指著保叔塔出了一句：

「保叔塔，塔頂尖，尖如筆，筆寫五湖四海」

徐文長還是一言不發，只是用手指了指錦帶橋，又在空中畫了一個圈。

知府見徐文長只是做手勢，並不作答，便神氣十足地說：「連一句也對不上，還算什麼才子？」隨即下令要把他趕出杭州！

徐文長聞言，不禁哈哈大笑，接著理直氣壯地說：「休得無禮！下聯我早已對了！」

知府說：「你敢無理狡辯，愚弄本府！」

徐文長解釋道：你是口出，我是手對。我對第一聯，是揚了揚手，就是說：

「一掌展展，五指兩短三長。」

我對第二聯，指指錦帶橋，拱拱手，兩手平攤，向上一舉，就是說：

「錦帶橋，橋洞圓，圓似鏡，鏡照萬國九州。」

知府聽罷，羞慚得啞口無言。

9 臣節重如山乎

明末大臣洪承疇曾親題一聯懸掛於中堂：「君恩深似海，臣節重如山。」以示自己忠君之心。後他在松山兵敗被俘，屈膝降清，但此聯仍掛在原處。時人在其上、下聯的末尾各加一字，遂變成：

「君恩深似海矣」

「臣節重如山乎」

這副對聯蘊含著對他的鄙夷譏諷之意。

10 妙對嘲庸才

清代宣統年間，一位在日本的留學生因諂媚討好清朝駐日大臣，於是被保舉為翰林院大學士。

一日，這位大學士致書胡秋輦論憲法研究會事。誤將「輦」寫作「輩」；「究」寫作「宄」。翰林院有人作一對嘲之：

「輦輩同車，夫夫競作非非想；」

「究宄共穴，九九還將八八除。」

11 童生巧聯罵貪官

清朝時候，有個名叫吳省欽的學台大人。此人無德無才，貪婪無度。

有一年，他奉命到某地去主持鄉試，利用職權之便，貪污受賄，聲名狼藉。有一個清貧童生，因缺金少銀，無法獻賂，結果在出榜時，名落孫山。

於是，這一童生憤然而起，在考場門口大筆一揮，題了一副對聯和一條橫批，以諷刺那位學台大人。對聯是：

「少目焉能識文字？」

「欠金安可望功名！」

橫批是：

「口大吞天。」

這副對聯加上橫批，巧妙隱晦地分拆了「吳省欽」的姓名，聯語拆字十分自然，諷刺辛辣，溢於言表。

12 陳本欽挨

清代，有一個長沙巡撫，大號叫陳本欽。在他任職期間，巧立名目，以修築書院為名，要全城各界，募捐納稅，大肆搜刮勒索，肥其腰包。待書院樓房將要竣工時，有人寫了一副拆字聯，嘲罵這位以權謀私的贓官。

聯語是：

「一木焉能支大廈」

「欠金何必起高樓」

13 樑上君子如盜賊

清朝末年，湖北漢陽府太守梁鼎芬，不顧人民死活，慫恿兵士對人民搜刮勒索，巧取豪奪。在漢陽城內，早上收小菜捐，中午收雜貨攤捐，夜裡收醫卜星相捐，弄得民不聊生，民怨載道。眾市民及商人紛紛罷市，以示抗議。當時，有人寫了一拆字聯，發洩怨氣，聯曰：

「一目不明，開口便成兩片」
「廿頭割斷，此身應受八刀」

橫批是：

「𣏾上君子」

這副拆字聯，可謂匠心獨運。上聯隱拆「鼎」字，下聯隱拆「芬」字，橫匾借其姓套用一句成語，嘲罵他是魚肉百姓的盜賊。

14 財主門前書妓聯

古時候，有一財主家的大門上貼著這樣一副對聯：

「穴牙系工革土土；」
「西女王見金戈戈。」

橫批是：

「不貝賒。」

很多人看後，都不解其中的玄機。因此，這家財主越發覺得此聯是一副佳作，便一直留用了多年。

一天，一位瀟灑英俊，氣宇軒昂的秀才路過財主門前，一看門上貼的對聯，不屑一顧地唾了一口，然後走開了。迎面走來的農夫見此情景，便隨口問道：「相公可曉得其意嗎？」秀才正想給農夫解釋對聯之意，只見財主端著水菸袋站在了門口。於是，秀才在那個農夫的耳邊低聲私語了一陣，兩人都情不自禁捂著嘴笑了起來。

原來，這是一副妓院門口常貼的對聯，在這裡，只不過是將一副三字聯，分拆成了一副七字聯。這副妓院對聯是：

「穿紅鞋」

「要現錢」

橫批是：

「不賒」

15 鄭板橋屬對鬥惡霸

清代揚州有個姓張的惡霸，人送外號「張老虎」。他倚仗著在京城做官的舅舅的勢力，欺壓百姓，橫行霸道。他在運河邊建了一座花園，經常和一些閒散文人在船上飲酒作樂，霸住河面，不讓過往船隻通行。有人有急事請求讓路，他就故意刁難；要想過去，必須對出他的對聯，否則就得等。張老虎的上聯是：

「吃墨看茶聽香讀畫」

這個上聯，是張老虎家的一位清客，少年時從他教書先生的對課裡弄來的。這上聯乍看起來似乎並不難對，但仔細推敲卻極難對出，對子裡的每件事似無理，卻又極有理；似不通，卻又極有神韻。

鄭板橋聽說後，氣憤不已，決定立即懲罰這個惡霸。一天，他扮成漁翁，划條小船，唱著漁歌，來到張老虎霸佔的河面上。張老虎的爪牙一見小船，便出來攔阻。張老虎站在船頭，高聲叫喊：「老頭兒，你可曉得我張大爺的規矩嗎？」

鄭板橋說：「曉得，曉得！對對子，是不是？你那對子我們漁家

人對起來可便當了！」

張老虎以為漁翁口出狂言，便冷笑著說：「好，你若能對出，我張大爺把岸邊的花園拆掉，也絕不再到這河上遊樂了；若對不出，我張大爺可不是好惹的！」

只聽鄭板橋應聲「好」，便高聲對道：

「吞風臥露喝月擔雲。」

張老虎等人聽了，頓時無言以對，灰溜溜地回去了。

後來，他們聽說那漁翁是鄭板橋裝扮而成的，就拆掉了河邊的花園，再也不敢到河上橫行霸道了。

16 鄭板橋書聯嘲鹽商

有一次，一個大鹽商，求鄭板橋寫副對聯，鄭板橋要一千兩銀子，大鹽商一再還價，鄭板橋答應降一半價錢，不過他又道：「我這裡有個規矩，先付錢，後寫字。」大鹽商只付了五百兩銀子給了他。他收好銀子，把紙一鋪，提起筆來，龍飛蛇走似地寫了七個大字：

「飽暖富豪講風雅」

接著，他將筆一放，轉身欲走，大鹽商急忙掖住他的衣襟說：「先生，你只寫了上聯呀！」他笑著說：「你只付半價呀！」

大鹽商知道中了他的計了，無奈只得忍痛又給了他五百兩銀子，他才續寫了下聯：

「饑饉畫人愛銀錢」

鄭板橋放下筆，笑道：「我們畫人不像你們高雅，你們看不起金錢，我們卻愛財如命呀！哈哈哈！」

17 曹雪芹應對罵財主

香山四王府村只有兩眼水井，一井眼在街中心，另一井眼在財主張伯元家後花園裡。張伯元仗著自己有錢有勢，硬是把街中心的井給填了。人們要用水只好到他家裡去挑，他在井旁放了一個瓦罐，誰想

要挑水就必須投進一個銅錢。鄉親們對他恨之入骨，怨聲四起，張伯元犯了眾怒，他為了給自己可惡的行經找個冠冕堂皇的藉口，就寫了一個上聯：

「丙丁壬癸何為水火」

並揚言：只要有人能夠對出下聯，他就認輸，不再收水錢。

住在村西的曹雪芹得知以後，心想：這有何難。他叫人拿來紙筆，揮筆寫道：

「甲乙庚辛什麼東西」

上聯丙丁為火，壬癸為水、下聯甲乙屬東、庚辛在西、不僅對得工整精妙、還罵了張伯元不是東西。

從此，四王府村的人用水再也不需要花錢了。

18 李調元巧對知州

李調元任兩江主考期間，當地一些文人學士和官僚豪紳非常嫉妒他。一日，知州設宴，宴會上，知州指著事先擺好的一盆棕樹說：「今天以此為題，我出一上聯，希望大人能夠賜對。」

李調元說：「某願請教」

州官吟出一上聯：

「蜀西老棕，梗長葉大根基淺」

李調元何等聰敏，一聽即知，這上聯含有蔑視自己的意思。但他並不著急，這時，一道名菜「金鉤蘭片」上桌來，他搶先嘗了口，連稱「好菜，好菜！怪不得敝地人都誇江南嫩筍。」

怎麼個誇法？州官問。

李調元笑道：

「江南嫩筍，嘴尖皮薄肚腹空」

州官等人自討沒趣，偷雞不成，反失一把米，明知遭了諷刺，卻只能在那裡尷尬地苦笑。

19 戴衢亨奪魁題聯

清朝時候，江西有一名士名叫戴衢亨，自幼勤奮好學，才華出眾，但是，他參加了數十次考試，一直考到三十將過，卻連個秀才也沒考上。一年又逢縣考，戴衢亨仍是名落孫山，榜上無名。眾童生出於義憤捐助他買了個秀才，才使他取得了鄉試的資格。在接下來的八十天裡，他從鄉試到京試，從京試到殿考，連中三元，皇帝親自召見，欽點頭名狀元，衣錦還鄉。

戴衢亨有感於自己赴考的坎坷經歷，警告那些沒有真才實學，怠忽職守，埋沒人才的官員，於是便在家鄉的一座祠堂上題了一副對聯：

「三十年間，縣考無名，府考無名，道考無名、人眼不開天眼見」

「八十日裡，鄉試第一，京試第一，殿試第一，藍袍脫下紫袍歸」

戴衢亨高中狀元，影響很大。那個縣官自知失職有罪，便暗中掛印逃走了。

20 窮童生題聯諷學台

清代有個學台叫吳省欽，目不識丁，胸無點墨，而且貪贓枉法，名聲極壞。有一次，他奉命到某地主持考試，有一個家境清貧的童生，本有才學，卻因無金獻賄，未能考中，氣憤之下，在試場門口題上一個橫批：

「口大吞天」

這四字隱「吳」字。

接著又在門兩旁書下一副對聯：

「少目焉能識文字」

「欠金安可望功名」

「少目」即「省」字，「欠金」即「欽」字。這一匾一聯，對吳省欽這個不識文字，以金取士的不法學台，給予了尖銳的諷刺。

21 二人作聯警貪官

清朝時，有一位鎮江知府，把官廳修建得煥然一新，並在這裡大宴賓客，請詩文大家吳鼐撰題楹聯，吳鼐不假思索，提筆書出上聯：

「山色壯金銀，唯以不貪為寶；」

這上聯嵌了鎮江的名勝金山和銀山。但他一時想不出合適的下聯。不料，旁邊有位姓郭的士子脫口對道：

「江流環鐵石，居然眾志成城。」

這下聯嵌了三國時東吳孫權在鎮江築的鐵石——鐵甕城。

此聯的意思是此處雖是肥美之地，但為官者不可起貪心，否則將會遭到老百姓的反對，那可就危險了。此上下聯可謂是珠聯璧合，眾人莫不稱妙。

22 李彥文寫聯嘲周福

清代李彥文，在學校教書，一天夜裡，正在書房讀書，突然，幾個小學生敲門進來，告訴他：周福員外要築壇打醮，超渡祖先，強令家家戶戶出錢致祭。如果交了祭錢的話，就交不起學費，只好退學了。

李彥文聽罷，心中暗暗不平，就拍著孩子們的肩膀說：「請轉告你們的父母，我可以免去你們的學費，你們可以繼續前來念書。」學生們趕忙叩頭拜謝先生，高高興興地回家去了。

李彥文想：周福的父親生前敲詐勒索，欺壓鄉里，作惡多端，死後還要村民出錢為他打醮超渡，天理何在？周福又仗著兒子在縣裡做官，為非作歹，燒些紙錢便可贖罪嗎？於是他在一怒之下，奮筆寫了一副對聯貼在了周福家的大門上。

「打醮能超生，豈非閻羅是贓官」

「紙錢可贖罪，難道菩薩也受賄」

周福看了以後，頓時氣得七竅生煙，當得知是李彥文所寫時，狠狠地罵道：「落第狂生，我叫你永世不得翻身！」

李彥文確是赴過兩次試，而且都是第一。因為沒有銀兩孝敬主考，又不肯屈膝求人，兩次都被除了名。周福跑回大廳，與和尚道士們計議，妄圖「作法」，將李彥文整死。

令周福沒有想到的是，李彥文不但沒有遭遇不測，反而順風順水，李彥文遇上了愛才用賢的主考，幾年之間，居然連考連中，三十歲剛出頭就做了兩廣巡撫。

李彥文走馬上任前夕，帶了幾名僚屬回鄉省親。進村從周福家門前經過時，見他家大門緊鎖，門上貼著封條。前來迎接的鄉親告訴他：「周福兒子因草菅人命，受賄枉法，已被上司查抄家產，捉拿問罪。周福也跑到外鄉當乞兒去了。」

李彥文聽後，不禁感慨道：「作了孽，靠燒幾把紙錢是贖不了罪的，要緊的是為人處世，要對得起天地良心啊！」

23 張之洞聯嘲知府

張之洞任兩江總督時，微服私訪，來到松江府（今上海市松江縣），遇見一個同窗，他挽留張之洞在他家住幾日，張之洞見盛情難卻，就答應了。

張之洞的這個同窗，在一個縉紳家裡當私塾先生。張之洞到同窗家的第二天，這個縉紳要他的同窗去參加松江知府的壽宴。他把這事告訴了張之洞，張之洞說：「我也去看看。」他就答應張之洞和他一同去了。

為知府祝壽的賓客，有知府的同僚，也有地方上的閒散文人。他們見面後彼此寒喧吹捧一番，哄笑聲充滿廳堂。身著便衣的張之洞和這位私塾先生卻被冷落在一旁。忽然，知府看見了他倆，就問那位縉紳：「那兩個是什麼人？」縉紳回答說：「一個是我家的先生，另一個是他的朋友。」知府用鄙夷的眼光望了他倆一眼，轉身走了。

壽宴要開始了，張之洞搶先坐在了首席上。賓客們看他身穿布衣，個個暗自驚訝，一介草民竟敢如此無禮，便默默地望著知府，看他如

何對待。

知府雖然惱火，但當著滿堂賓客，也不好發作，便走到張之洞面前，手指桌上一道名菜，出了一聯。

「鱸魚四腮，獨佔松江一府」

張之洞一聽，知道這知府是以「鱸魚」自比，說他是松江一帶的土皇帝。張之洞不慌不忙地拿起一支筷子，指了指桌上的另一道名菜，高聲吟道：

「螃蟹八足，橫行天下九州」

知府一聽這話口氣不小，心中一驚，向張之洞說聲「領教了！」，忙命人去找那個私塾先生，打聽他朋友的名字，當聽說來人是兩江總督「張之洞」時，不禁大驚失色，就急趨到張之洞面前，跪倒在他的腳邊，口稱「卑職有眼無珠，該死，該死！」

24 紀曉嵐答聯戲太監

相傳，紀曉嵐剛進翰林院時，並不引人注意，連太監總管都不認識他。有一次，太監總管見他身穿蟒袍，手拿摺扇，覺得怪好玩的，便出了一上聯說道：

「小翰林，穿冬衣，持夏扇，一部春秋曾讀否？」

這上聯出得不算太俗，其中嵌春夏秋冬四季。紀曉嵐覺得也滿有意思的，恰好老太監說話操南方口音，隨口答道：

「老總管，生南方，來北地，那個東西還在嗎？」

老太監聽後，面紅耳赤，知道碰上了對對高手。

對句嵌句不僅道出了東南西北，對他的「春夏秋冬」，還巧妙地調笑了他，因為太監的那個「東西」早就被閹割了。

25 送炭與添花

從前，有個窮秀才，經常衣不遮體，食不果腹。有時向一些有錢親友借貸，這些親友們不但不給，還往往把他拒之門外。

後來，他考中了狀元，榮歸故里。當地名流富豪和原先那些有錢的親友，都備了厚禮，約定某日去狀元府攀附巴結。

這新狀元非常痛恨這種勢利眼，到了那天，他不但不備酒禮迎，而且還在關著的大門貼上一副對聯，拒見這些勢利客。對聯曰：

「憶當年，一貧如洗，缺柴缺米，誰肯雪中送炭」

「到今朝，獨佔鰲頭，有酒有肉，都來錦上添花」

26 進士進士

從前，有個財主本無學識，卻肯出錢，結果父子二人都買了進士功名，妻因夫貴，婆媳二人也加封為夫人。

除夕這天，為炫耀門庭，他家門上貼出一副對聯：

「父進士，子進士，父子同進士」

「婆夫人，媳夫人，婆媳皆夫人」

鄰里看了不順眼，於是暗中將此聯添了幾筆。第二天，財主出門一看，氣得發昏，原來對聯成了：

「父進士，子進士，父子同進士」

「婆失夫，媳失夫，婆媳皆失夫」

一兩筆之別，吉凶相反，改者奇想，令人叫絕！

27 考生作聯嘲考官

相傳，清朝某人到某地任主考，然此人才疏學淺，自己不能批閱考卷，礙於臉面，又不便請人代閱。於是，他將試卷依次編號，捲成管狀，插在籤筒裡搖，最先跳出者錄取為第一名，此後每跳出一個便錄取一個，直到取滿為止。如此一來，致使許多有真才實學的考生都

名落孫山。此事傳出後，一時譁然。一考生氣慣不過，當即作一聯對其進行譏諷：

「爾等論命莫論文，碰」

「吾儕用手不用眼，搖」

28 一目不明

《新笑史》載，梁鼎芬任湖北漢陽府太守時，不顧人民死活，放縱官兵員警，恣意搜刮勒索，一時捐如牛毛，弄得民不聊生，群情激憤，眾商人紛紛罷市，以示抗議。有人作一拆字聯諷之，聯中嵌入「鼎芬」二字。聯曰：

「一目不明，開口便成兩片」

「廿頭割斷，此身應受八刀」

29 顧人情不顧臉面

清代科場賄賂風盛。雍正十三年順天鄉試的主考官員是工部侍郎顧祖鎮，副主考是翰林學士戴瀚。顧、戴二人到職後，大肆收受賄賂，一些才學平庸的考生靠人情、金銀打通關節，紛紛考中，而那些正直且有真才實學的考生卻名落孫山。從而引起眾考生怨聲載道。有人作一聯對顧、戴二人進行嘲諷：

「顧司空顧人情不顧臉面」

「戴學士戴關節不戴眼睛」

30 窮書生回敬潑女子

古時候，一個窮書生遊學江南，迎面碰上一個女子，女子見他衣衫襤褸，捉襟見肘，手裡拿著一把破扇，覺得好笑，衝著書生口吟一上聯：

「戶羽石皮，湖北書生搖破扇」

這位書生雖然是敗絮其外，但卻金玉其中，有滿腹文才，他見那女子笑話他，好生惱火。見那女子穿著一雙歪鞋，便反戈一擊道：

「革圭不正，江南女子踏歪鞋」

此聯的上聯中，「戶羽」、「石皮」是「扇」和「破」的拆字，下聯裡，「革圭」、「不正」是「鞋」和「歪」的拆字。

31 老童生洩憤成佳聯

相傳，清朝道光年間，有個童生屢考不中，只因家境貧寒，無錢給主考官送禮。這年，考期又到，他又去應試。主考官故意想奚落他，就出了一個上聯：

「上鉤為老，下鉤為考，老考童生，童生老考」

老童生見這分明是在嘲弄自己，氣憤不過，心想：我榜上無名，屢考不第，並非因我無才，只不過是我沒有錢財賄賂你這狗官罷了！

好，豁出去了，就算今生不再求取功名，兒孫後輩不當官宦，今天也得出出這口惡氣。於是，他面對主考官，冷笑了一聲，對道：

「二人成天，一人為大，天大人情，人情天大」

主考官剛一聽，還沒聽出什麼。但仔細一琢磨，這話裡有話，老童生是在罵他是個貪官，不禁惱羞成怒，正要發作，那老童生早已拂袖而去。

32 朱羅二人相戲謔

古時候，有一個人姓朱的趕著兩頭肥豬，趕到集市上去賣。半路上，遇見鄰居姓羅的騎著一匹騾子，從鎮子上而來。姓朱的即興得一上聯：

「四維羅，馬累騾，羅上騾下羅騎騾」

聯內先拼字，後又迭用同韻字「羅」與「騾」，實是有趣。姓羅的一聽姓朱的在戲謔他，又見姓朱的趕豬而走，頓生下聯，對道：

「八牛朱，犬者豬，朱後豬前朱趕豬」

下聯和上聯，一一對應，確實是巧思。姓朱的聽了，只好點了點頭，趕著豬與姓羅的分手了。

33 蒲松齡巧罵石先生

蒲松齡屢試不中之後，決計發憤著述，他特地寫了一聯座右銘：

「有志者，事竟成，破釜沉舟，百二秦關終屬楚」

「苦心人，天不負，臥薪嘗膽，三千越甲可吞吳」

這副對聯一時風傳鄉里。同鄉有個姓石的豪紳，人稱石先生，他粗通文墨，自命不凡。看到這副對聯，石先生很不服氣，他要和蒲松齡比比高低。

一天，石先生見一隻小雞死在磚牆後面，便以此為題出了句上聯：

「細羽家禽磚後死」

他要蒲松齡對出下聯。蒲松齡看出他不懷好意，便暗想一計，故意裝作初學無能，謙虛地說：「我不會對，但又不能不從命，我就學著一字一字地對對看，望先生別笑話，並請一字一字地幫我記下來。」

石先生以為蒲松齡真無能，便笑著點點頭說：「你說我記。」

蒲松齡看著上聯，一本正經地對道：「粗對細，毛對羽，野對家，獸對禽，石對磚，先對後，生對死，完了。」

石先生寫完一看，見錄出的下聯是：

「粗毛野獸石先生。」

他頓時面紅耳赤，無地自容。蒲松齡說聲「見笑了」，便昂然而去。

34 先死先生

相傳，古時有一位私塾先生，正在給學生講課時，一位生了疥瘡的學生用手抓癢不止，弄得兩手都沾上了血，但還沒有停下來的意思。

私塾先生越看越噁心，但是不好直說讓學生停止不抓不撓，於是便出了一句上聯，讓抓癢的學生答，說答不上就要到室外去罰站。先生說道：

「抓抓癢癢，癢癢抓抓，不癢不抓，不抓不癢，越癢越抓，越抓越癢」

學生見先生用出聯取笑他，答不上還要受罰，越想越氣，於是對道：

「死死生生，生生死死，好生好死，好死好生，先生先死，先死先生」

35 陳本欽挨

清代，有一個長沙巡撫，大號叫陳本欽。在他任職期間，巧立名目，以修築書院樓房為名，要全城各界，募捐納稅，大肆搜刮勒索，肥其腰包。侍書院樓房將要竣工時，有人寫了一副拆字聯，嘲罵這位以權謀私的贓官。

聯語是：

「一木焉能支大廈」

「欠金何必起高樓」

36 粱上君子如盜賊

清朝末年，湖北漢陽府太守粱鼎芬，不顧人民死活，慫恿兵士對人民搜刮勒索，巧取豪奪。在漢陽城內，早上收小菜捐，中午收雜貨攤捐，夜裡收醫卜星相捐，弄得民不聊生，民怨載道。眾市民及商人紛紛罷市，以示抗議。當時，有人造一拆字聯，發洩怨氣，聯曰：

「一目不明，開口便成兩片」

「廿頭割斷，此身應受八刀」

橫批是：

「樑上君子」

這副拆字聯，可謂匠心獨運。上聯隱拆「鼎」字，下聯隱拆「芬」字，橫匾借其姓套用一句成語，嘲罵他是魚肉百姓的盜賊。

37 改聯嘲黃州貪官

湖北黃州府知府某人，愛財如命，非常貪婪，斷案不辨是非。他曾為城外的放龜亭（相傳為蘇東坡在黃州時所建）題有一副對聯：

「昔日黃州何如，今日黃州何如，請君且自領略」

「這是赤壁亦可，那是赤壁亦可，何必苦為分明」

這副對聯上聯寫黃州的古今變化，下聯說的是武昌西赤磯山與黃州西北赤鼻磯何為赤壁之戰故址的爭論。有人把此聯改成了如下的樣子：

「原告送錢若干，被告送錢若干，請君且自領略」

「這邊有理亦可，那邊有理亦可，何必苦為分明」

上聯揭露他原告、被告的錢都照收不誤，下聯諷刺他判案根本不論是非曲直。貪官、昏官的面目曝露無遺。

38 鄧副榜納妾成笑柄

清朝四川省某縣城內有個副榜叫鄧祿生，曾娶妻妾石、趙、胡、劉，中年喪偶後家道中落。欲娶周、黄、蔣、夏，均成泡影。後又欲娶細沙河曾姓少女，得前岳母和乾兒子等資助，大擺排場。沒想到遠道迎親時，卻被曾姓族人——素習武功之和尚出面阻婚，喜事終成笑柄。城中某秀才戲作長聯以諷之：

「好色太癡情，石趙胡劉，莫填欲海；周黄蔣夏，枉用心機。一提起萬念俱灰，休談風月。豈料琴生播弄，話及曾姑；哥弟商量，媒通楊氏；遂使女流慕勢，以彼妹竟配肥郎。擇吉快迎親，前提起副榜燈籠，後擁著新人彩轎，吹吹打打細沙河梗塞難行。早安排黼服花衣，恭然穩坐；並檢點檀香蠟燭，只待圓房。且先支乾兒子幾串青蚨，恰

好暫時挪扯；並哄得丈母娘兩挑黑漆，何妨竭力輝煌。素性愛排場，舊飯壁糊成新板壁。」

續弦成笑柄，鳳冠霞帔，借取唯艱；玉鐲金釵，得來不易。忽接到一函乍遞，頓起波濤。只緣和尚宴請，攔輿阻嫁；旁觀多事，糾眾翻婚；這回胖子無緣，逼幼婦男招佳婿。聞言交下淚，請屯正密書手劄，派禮官高坐肩輿，急急忙忙大埡口飛騰直上。生怕退親朋賀禮，嘆氣連天；死去求文武官員，磕頭搶地。硬等到初九日毫無影響，才知一口冷痰；定然是五百年結下冤愆，到此半生結果。放聲長泣哭，好姻緣變作惡姻緣。

39 妙聯鞭贓官

某年除夕，一個貪贓枉法又厚顏無恥的縣官，在縣衙門上貼了一副對聯：

「一心為民兩袖清風三思而行四方太平五穀豐登」

「六欲有節七情量度八面兼顧久居德苑十分廉明」

橫批：

「福蔭百姓。」

初一早晨，衙門口很多人圍觀，還不時有慣於逢迎拍馬的人喝采：「好呀！寫得真是妙極了！」

縣官端個茶壺在院中走來走去，得意洋洋。突然，一衙役匆匆跑來說：「縣太爺不好啦！不知是誰在紅對聯外又貼了一副白對聯。」

他急忙跑出去看，只見對聯寫的是：

「十年寒窗九載熬油八進科場七品到手六親不認」

「五官不正四蹄羈糜三餐飽食二話不說一心撈錢」

橫批是：

「苦煞萬民」

知縣看罷，氣得滿臉煞白，用力甩掉手中茶壺就拚命撕起白對聯來，圍觀的群眾一個個大笑離開了。

40 窮農民應對罵財主

從前，有一個有錢有勢的大財主做壽，當地有個富戶，要寫一副連環式壽聯祝壽，借此獻媚討好。他搜腸刮肚好不容易湊成上聯，卻無論如何也寫不出下聯了，就只好把這上聯送去。人們一看，只見寫的是：

「壽比南山，山不老，老大人，人壽年豐，豐衣足食，食盡珍肴美味，位尊德大，大享榮華富貴，貴客早應該來，來之是理，理所當然」

人們一看這上聯寫得還算不錯，但缺下聯，於是不少人也想借機討好，對出下聯，但挖空心思不能對出。不料，有個識文斷字的窮農民看了這個上聯，想罵罵這個為富不仁的大財主，就把筆一提，寫出下聯：

「福如東海，海闊大，大老人，人面獸心，心黑手毒，毒如豺狼虎豹，暴病而死，死無葬身墓地，地方好人莫去，去了後悔，悔之晚矣」

41 秀才寫春聯戲財主

從前，有一個為富不仁的財主請村子裡的秀才寫春聯。秀才對財主的所作所為早就痛恨在心，今天終於有機會捉弄捉弄他了。秀才經過一番思考，提筆寫道：

「明日逢春好不晦氣釀酒缸缸好做醋壇壇酸」

「終年倒運少有餘財養豬大如山老鼠頭頭死」

秀才寫完後，給財主念了一遍：

「明日逢春好，不晦氣，釀酒缸缸好，做醋壇壇酸」

「終年倒運少，有餘財，養豬大如山，老鼠頭頭死」

財主一聽，眉開眼笑地把對聯拿回家貼到了大門上。

第二天，人們經過財主家門口時，都圍著看這副春聯，有的還大聲念起來：

「明日逢春，好不晦氣，念酒缸缸好做醋，壇壇酸」

「終年倒運，少有餘財，養豬大如山老鼠，頭頭死」

這麼一念，引起一陣陣哄笑，財主氣得吹鬍子瞪眼，大罵秀才，

趕緊叫人把這副春聯撕掉了。

42 鄭板橋辱知府

鄭板橋是「揚州八怪」之一。他任濰縣縣令時，萊州知府孫嘉新派人求字。這個孫嘉新是個專門搜刮百姓財物而腰纏萬貫的財主，四品頂戴是用千兩黃金捐來的。鄭板橋對此人深惡痛絕，便決定借此機會捉弄他一番，於是爽快地寫了一副對聯：

「交忠朝廷」

「因受百姓」

橫批：

「前程金修」

那位孫知府只粗通文墨，左瞧右瞧，雖然不大明白裡面的含義，但認為總歸說的是好話，尤其是橫批，似乎於是著他的前程遠大。滿心歡喜，連忙叫人裝裱好，懸掛在大廳正中。

一日，孫知府在大廳接待客人。一位客人見了中堂上懸掛的對聯，大吃一驚，悄悄把孫嘉新叫到一邊，在他的耳朵邊嘀咕了幾句。知府大人的臉色立刻陰沉了下來。待客人一走，孫嘉新暴跳如雷，馬上將對聯扯下，撕了個粉碎。

原來，鄭板橋寫的對聯，是從當時流行的一首打油詩中得來的。打油詩原文如下：

「可笑萊州孫嘉新」
「四品前程耗千金」
「效忠朝廷少文才」
「恩愛百姓缺兩（良）心」

43 燈籠聯嘲財東

有一年過元宵節，李灌糊了兩個大紅燈籠掛在門前，並貼了一副對聯：

「掛出去與乾坤壯膽」
「看起來為日月增光」

燈籠糊得好，對聯寫得妙，村裡的人都爭著來看。村裡有個財東，也請人糊了一對更大的燈籠，自以為花了不少銀子，看的人一定很多，可是眼看著人都擁到李灌家門前去了，心裡生氣，便也擠過來想看個究竟。走近一看，原來是一副好對聯，向李灌拱拱手說：「李先生，元宵佳節，也請你為我寫一佳聯，不知尊意如何？」這財東平日裡巴結官府，對窮人卻很冷酷苛刻，李灌對他恨之入骨。

今見他求聯，靈機一動，爽快地答應說：「行！」取出紙筆，略一思索，便揮筆寫下一副對聯：

「臘灌心腸，慣向黃昏行黑道」
「紙糊面皮，幾時白晝見青天」

眾人一看，想想這財東平日的作為，哄地一聲笑起來，都誇李灌寫得好。財東明知挨了罵，可這對聯是自己要人家寫的，啞巴吃黃蓮，有苦說不出，只得忍氣吞聲，厚著臉皮也跟著大家說好。

44 針砭時弊作嘲聯

清咸豐年間，京城有人寫了這麼一副對聯來譏評時政：

「五日內三相淪亡，真假革殊途，一老一病一冤枉」

「兩月間四夷賓服，戰守和異議，半推半就半含糊」

上聯「三相」，「一老」者，指裕泰，老死於任上；「一病」者，指杜受田，病死於途中；「一冤枉」者，指耆英，因被同仁陷害而降職。

下聯指咸豐年間相繼與俄、美、英、法分別簽訂的《天津條約》，與英、法、俄分別簽訂的《北京條約》等。似乎「四夷賓服」，實際上是「半推半就半含糊」。

對聯從時事著手，既有紀實，更有譏諷。將官員的百般醜態，統治者對外的屈辱投降都刻畫於紙上。

45 侄兒不做做孫兒

劉維楨乃黃岡大地主兼工商資本家，妻妾十人，卻無一子嗣，無奈只得讓其侄繼承財產，其侄自願降低輩分承祧為孫，實屬無恥之尤！劉早年參加太平軍，死時不過六十出頭。有人作聯嘲之：

「老長毛好色貪財，福命休談談壽命」

「小雜種寡廉鮮恥，侄兒不做做孫兒」

46 「糞捐」官員遭痛

清朝時候，王某由同知（官名）升至按察使，精於算計，在任時創設「糞捐」，百姓對他深恨不已。有人為他寫了副對聯：

「王司馬、王觀察、王謙訪，平升三級」

「一條弄、一隻船、一坑糞，遺臭萬年」

上聯寫王某由同知升到觀察（清代對道員的尊稱），再升到廉訪

（按察史的俗稱）；下聯則寫他從弄堂、從船頭、扒糞坑中搜刮錢財。「平升三級」是 述，「遺臭萬年」則是詛咒，可見他是多麼不得人心。

可以想見，能創設「糞捐」的官員，還有什麼他不能從中榨出油水來？

47 我夫妻團結起來

民國初期，軍閥割據，連年戰亂，清末秀才程元魁以婚聯諷之曰：

「日日鉤心鬥爭，那南北戰爭不已」

「夜夜貼肉連皮，我夫妻團結起來」

48 「劣政碑」上的嘲諷聯

在舊中國，到處可見為地方官吏歌功頌德的所謂「德政碑」。民國三十六年，四川溫江崇慶一帶大旱，百姓無糧可食，以致餓殍遍地。時新任崇慶縣縣長葉春傑，不但對民眾疾苦漠不關心，反而勾結商號，牟取暴利，並槍殺無辜群眾。後天降暴雨，淹沒農田二十萬畝，淹死民眾一千餘人。葉春傑又趁火打劫，鯨吞賑濟黃穀三千多石。對此，百姓只是敢怒不敢言。

忽然有一天，在崇慶與溫江兩縣的養馬場，豎起一塊引入注目的「劣政碑」。碑中刻有三個醒目的大字：劣政碑。右上方刻了三個小方塊：口口口。左右配以對聯：

「早去三朝天有眼；」

「遲走幾日地無皮。」

橫批：

「民之繼母。」

後崇慶解放，葉春傑被從成都押回，伏法於天慶寺側，真是大快人心，罪有應得！

49 林踵巧諷貪官

清末，寧鄉有位叫林踵的清官。他為官多年，一生清正廉明，絕不與貪官同流合污，後因病告老還鄉。一年正月，一位叫林果多的同僚，是有名的貪官，前來拜訪，見林踵並不款待，便有意出聯相識：

「口止即足，千里即重，踵兄為官卅載，唯有足重」

林踵凜然而坐，不慌不忙地對道：

「田木為果，兩夕為多，夥計只要三年，淨得果多」（果多，寧鄉方言為「這麼多」之意）。

貪官聞對，羞愧而去。

50 辣椒聯語

某地方官，很能「廣交」百姓，「體察」民情。凡是求就業者、農轉非者、調動工作者、包工程者……他都一一接待解決，因而收得紅包滿箱，禮品成堆。有人作聯道：

「享樂駐胸間，廣交錢友」

「法規丟腦後，常起貪心」

有了錢，更是利慾薰心，貪污賑災款一萬有餘，且整日沉迷於酒色。但不久，東窗事發，終於受到法律制裁。於是又有人作聯道：

「收財受賄，權錢交換難佔有」

「變法貪污，酒色沉淪必吃虧」

「財」與「賄」、「賄」與「有」同旁，「法」與「汙」、「汙」與「虧」同旁。

51 縣督學妙聯諷弟

湖南隆回人歐陽秋曝期曾任過寶慶縣督學和縣農協執行委員。他在六兄弟中排行第五，時人尊稱為「牧五爺」。

其弟歐陽昶是個錙珠必較的奸商，在家鄉開了個商店取名「逢裕源」，他軟磨硬纏請來了五兄牧五爺，為他寫一副招徠生意的對聯。牧五爺寫完問道：「六弟，我寫的這副對聯要得嗎？」不通文墨的六弟高興得連連點頭道：「要得！要得！有五兄的墨寶懸於門庭，小弟一定會四季發財的！」接著，便把對聯掛了出去。

眾人擠過來一看，不禁哈哈大笑，原來那對聯這樣寫道：

「逢血汗錢少賺幾個」

「遇油鹽秤略高一些」

橫批：

「高抬貴手」

「遇」與「裕」諧音，聯語把「逢裕源」店名中「逢裕」二字巧妙地嵌入其中。

當別人將對聯的內容告訴歐陽衪時，他如夢方醒。此事很快在鄉間傳開，後來，一位宿儒也湊上一副對聯，盛讚歐陽秋曝：

「揮三寸狼毫遂使刻毒商賈口呆目瞪」

「驅五尺長劍每教頑劣豪紳屁滾尿流」

52 一副諷貪挽聯

抗戰前，四川省原教育廳廳長楊廉，在安徽任教育廳廳長時，因貪污被王德均和吳亮夫打傷眼睛。楊廉與兵役署署長陳澤潤（已處決）和某校長三人是一丘之貉。楊廉貪污事發，罪該處決。某校長見失去了倚靠，不免內心難過，為哀悼這一知心廳座，找來一位國文老師，要他代其作一副挽聯。這位國文老師，早就恨校長出賣試題、扣發薪資，憤怒無處發洩，借此良機寫成一聯：

「三友中，署長先行，哭君今速去」

「九泉下，閻王責問，說我及時來」

校長看罷，惱羞成怒，將這位國文老師開除了。但這副諷貪的挽聯卻廣為傳誦，流傳至今。

53 鴉片與對聯

舊時社會，禁止吸毒和禁止販毒是裝模作樣，自欺欺人的。從到處樹立、生意興隆的煙館來看，就充分地證明了這一點。因此，有人以「煙館」二字，作了一副拆字聯。聯文是：

「因火成煙，若不撇開終是苦」
「舍官成館，入而忘返難為人」

聯語對「煙館」的陳述，可謂深惡痛絕。真是一針見血、入木三分。有了「煙館」，就有了不能無毒品的「癮君子」。有人以詼諧、幽默的語言，撰寫了一副對聯，「對毒品「癮君子」們作了有力的譏諷。聯文是：

「孤魂燈，照著縮頭烏龜，不慌不忙，安心上當」

「哭喪棒，抵著弓背猴子，吃來吃去，討口下湯」

給毒品「癮君子」的畫像，真是活靈活現、維妙維肖。這些毒品「癮君子」的下場怎樣？結局又如何呢？有一副專記其實的對聯，道出了這種慘不忍睹的真相。聯文是：

「竹槍一支，打得妻離子散，未聞炮聲震地」

「銅燈半盞，燒盡田地房廊，不見煙火沖天」

把家產蕩盡的惡果，鞭撻得淋漓盡致，犀利而風趣。還有一副從孫髯翁昆明大觀樓長聯，脫胎而來的戒菸聯：

「五百兩煙泥，賒來手裡，價廉貨淨，喜洋洋興趣無窮，看粵誇黑土，楚重紅瓤，黔尚青山，滇崇白水，估成辨色，不妨請客閒評。趁火旺爐熱，煮就了魚泡蟹眼；正更長夜永，安排些雪藕冰桃，莫辜負四稜響鬥，萬字香盤，九節老槍，三鑲玉嘴。」

「數千金家產，忘卻心懷，癮發神疲，歎滾滾錢財何用，想名類巴菰，膏珍福壽，種傳罌粟，花號芙蓉，橫枕開燈，足盡平生樂事。盡朝吹暮吸，哪怕它日烈風寒；縱妻怨兒啼，都裝作天聾地啞，只剩下幾寸囚毛，半抽肩膀，兩行清涕，一副枯骸。」

聯語概括起來講，上聯活像一卷吸毒「癮君子」的逍遙畫，下聯直是一冊吸毒「癮君子」的歸宿圖。它對吸毒者無疑是當頭棒喝，對其他人也是警鐘長鳴。確實是一副深具積極意義的戒菸長聯。

54 嘲相士

清代有位相士，本領不大，口氣卻不小。自詡熟讀《太清神鑑》、《麻衣相法》、《柳莊相法》之類的相術經典，並且天生一雙神目，斷人窮通壽夭，不差分毫。他嫌嘴上吹吹不過癮，就乾脆寫副對聯，貼在門上。聯曰：

「幾卷書，談名談利；一雙眼，知吉知凶」

有位好事者見相士吹牛太離譜，心中有氣，乘著黑夜，就在對聯上加了幾個字：

「幾卷破書，也要談名談利；一雙瞎眼，哪能知吉知凶！」

翌日，相士成了大家嘲笑的對象。

55 金烏東升玉兔墮

清人有一名叫志銳的旗人。此人放蕩不羈，尤喜唱《打金枝》一戲中的「金烏東升玉兔墮」一段，又好作狂草。但唱戲、寫字都無功底。有人作一聯對其進行嘲諷。聯云：

「忽然高唱，金烏玉兔之聲」
「偶爾揮毫，豐鬼蛇神之字」

56 諷諭縣官聯

相傳，清朝末年，山東萊陽有位縣官貪婪無比，想盡辦法搜刮民財，每逢父母大壽，夫妻做壽，或有了大病小災，或孩子百歲都到處張揚，意在讓人給送禮，如有知道不送者，就設法給小鞋穿。

就是這樣一位貪官，在表面上卻還要裝裝樣子，過春節時自撰一聯貼在門上：

「愛民如子」
「執法如山」
老百姓見了這副對聯，無不唾上幾口。有個書生回到家裡，賭氣也寫了一副對聯，然後在夜裡去縣官住處，先揭去了縣官自寫的對聯，把他寫的一副對聯重新給貼上了，於是便成為：
「愛民如子，金子銀子皆吾子也」
「執法如山，錢山靠山豈為山乎」
老百姓看了這副對聯，無不拍手稱快，可縣官的鼻子卻氣歪了。

57 蓋瓦與挖煤

封建專制時代，當官的最有尊嚴。上司與下屬之分，猶如天地之懸隔。屬員見上司要呼「大人」，而自稱「卑職」。
某才子以此為題撰聯：
「大人大人大大人，大人一品高升，升到卅六重天宮，與玉皇大帝

蓋瓦」

「卑職卑職卑卑職，卑職萬分該死，死落十八層地獄，為閻羅老子挖煤」

上下聯起句用反覆手法，表示這種現象在官場中極為普遍，比比皆是。

到處可以聽到「大人」、「卑職」的稱呼。「一品高升……天宮」與「萬分該死……地獄」，則是極力誇張。要把上司吹捧得比玉皇大帝還高，怎麼辦呢？只好上到其宮頂去「蓋瓦」了。

「十八層地獄」，為佛家所指極惡眾生死後趨赴的受苦之所，「卑職」不但「萬分該死」，還要落到「十八層地獄」最深層再往下去，去「為閻王老子挖煤」。

高者登峰造極，低者無以復加，尤其「蓋瓦」、「挖煤」二語，聯想之奇妙，對此之強烈，用於譏諷官場陋習，可謂尖酸辛辣到了極致。

58 巴縣走狗

從前，四川巴縣有個衙吏，敲詐勒索，搜刮民財，蓋了一所豪華的公館。公館落成之日，鞭炮齊鳴，遠近鄉紳、名流前來慶賀恭維。有個秀才，寫了一副對聯送上，聯曰：

「邑懸起敬」

「口心己文」

送上對聯後，秀才馬上就走了。客人們對這副對聯讚賞不已，都說是縣民對衙吏肅然起敬，秀才心服口服，趕來送聯表示心意。

有個老儒生揣摩半天，認為這是個對聯謎。上聯「邑懸起敬」四字倒沒問題，但聯繫下聯，如果把上聯各字的部首「口心己文」去掉，豈不成了「巴縣走苟（狗）」！眾賓暗笑。

從此，衙吏是「巴縣走狗」之說，便不脛而走。

59 嘲康有為聯

一八九八年戊戌政變後，康有為亡命日本，組織保皇黨反對民主革命，逐步走向反動。一九〇〇年，維新志士唐才常在漢口組織自立軍，準備起兵勤王，事敗被殺。

當時傳說，自立軍未能按時起義與康有為貪污華僑捐款有關。中華民國成立之後，康有為回國出任孔教會會長，主張以孔教為國教，堅決反對共和。

一九一七年張勳復辟時，康有為心急火燎地趕到北京出任溥儀小朝廷的弼德院院長，復辟失敗後，又倉惶出逃。時人十分看不起他，有人撰聯云：

「國之將亡必有」

「老而不死是為」

此聯上句出於《禮記・中庸》：「國家將亡，必有妖孽。」下句出自《論語・憲問》：「老而不死是為賊。」這副對聯，用展足格，將康有為大名嵌於上下聯末字，集經典名句又採用了歇後語的方式，即罵康有為是妖孽、是賊。

60 天下太貧

清末民初，著名文人劉師亮與寫《厚黑學》的李宗吾，可算是「四川雙傑」。劉師亮當過塾師、訟師，經過商，是一個懷才不遇又嫉惡如仇的怪才。劉的拿手好戲是對聯與竹枝詞，他以此為武器，諷時罵世，嘲官斥吏，作品傳誦一時。

劉師亮一副四字短聯，堪稱千古絕對：

「民國萬稅」

「天下太貧」

民國時期，苛捐雜稅多如牛毛，老百姓生活卻一貧如洗，官方卻又常喊「民國萬歲」，宣言「天下太平」。

劉師亮這副對聯，就地取材順手接過兩句官方口號，運用諧音手法，將「歲」字改成「稅」字，將「平」字改成「貧」，頓時化褒為貶，

一語道破了「民國萬歲」背後的實質，撕破了「天下太平」的畫皮。

61 改聯諷「同事」

孫中山先生生前遺下一副有名的對聯：

「革命尚未成功」

「同志仍須努力」

後來，有些「同志」背叛了孫先生的三民主義，將革命當作自己升官發財的途徑，於是，有人將孫先生聯改動詞序，諷刺這些人：

「同志尚未成功」

「革命仍須努力」

當革命處於困難時期，有些「同志」還是打自己的小算盤，於是，有人又改了一下加以諷刺：

「革命尚未努力」

「同志仍須成功」

62 土秀才聯諷豪紳

湖南衡南縣冠市鎮有個羅竹林，被稱為文武全才的土秀才。

羅竹林年青時，見羅氏族長嗣白巧取豪奪，魚肉鄉里，便以一聯以嘲之：

「糊（嗣）粑供佛主，面善心惡哄鬼」

「白蟻蛀大王，先裡後外吃神（人）」

鄉親們讀罷此聯，無不拍手稱快。羅偉白橫行霸道，無端搜刮民財，其妻風流放蕩，水性楊花，專勾引上層人士。羅竹林以此撰聯道：

「尾（偉）巴翹上天，街頭巷尾，狐假虎威，神氣十足，活像只醜鬼」

「白扇遮眼睛，室內屋外，男盜女娼，家財萬貫，算是個王八」

63 豬頭和狗腿

古杭州府屬下的錢塘與仁和兩縣，皆是肥缺。有一年當錢塘縣官的姓熊，當仁和縣官的姓卞。姓熊的善於跑官要官，不務正業；姓卞的喜尋花問柳，貪色宿娼。於是，杭州一帶的老百姓就根據這兩個縣官的姓，作了一聯對他們進行嘲諷。聯云：

「能者多勞，奔斷四條狗腿」

「下流忘返，難保一個豬頭」

64 巧聯諷罵袁世凱

一九一五年十二月，北洋軍閥首領袁世凱，玩弄「盜賊」手腕，偽託人民「擁戴」，將中華民國改為「中華帝國」，竊國稱帝。京城中有好抱不平的人，曾出聯求對下聯，上聯云：

「或在圜中，拖出老袁還民國」

聯語析字，語意雙關。從字面上看，「圜」字去掉「袁」，加進「或」，即成「國」字。是說要打倒袁世凱，恢復中華民國之意。據說，當時有個船夫對上了下聯：

余臨道上，不堪回首問前途。

這同樣是語意雙關的析字聯。從字面上看，「道」去掉「首」字，加進「余」字，便是「途」了。意思是說，袁世凱復辟稱帝，這是一種倒退行為，令人不堪回首，國民對國家前途深感憂慮。

此上聯與下聯析字巧妙自然，語意含蓄深刻，是不可多得的析字聯。

65 大爺不要刮鬍子

國民黨統治時期的重慶蒙受了深重的災難。某些惡劣軍警及特務流氓，橫行霸道，侵吞民財，草菅人命，弄得百姓人人自危。時人在土地廟前貼了一副春聯，用土地公婆相規勸的形式，對時局作了有力的諷刺和揭露。聯云：

「夫人莫抹孽登紅，謹防特務打主意」

「大爺不要刮鬍子，免得保長抓壯丁」

66 委員與幹事

國民黨統治時期，反動官僚階層昏庸無能，尸應素餐。有人撰一諧聯予以諷刺，聯云：

「大委員，小委員，委員，委員，委實無員」

「男幹事，女幹事，幹事，幹事，幹者何事」

67 聯嘲議會選舉

相傳民國年間，湖南祁陽曾舉行過一次議會選舉。惡霸蕭翠樓強提族款五千銀洋賄選，最終當選為議長。另一惡霸郭子安，同樣因賄選而當上副議長。時有一聯諷之云：

「議銅板，議銀元，議得我八十萬人民，怨天恨地」

「會賣官，會鬻爵，會叫你一小群異類，斷子絕孫」

聯中三嵌「議會」之名。首二句與末句皆為自對。「議」、「會」

二字又為重言。「斷子絕孫」之語，實為怒　。

68 賣國賣民賣祖宗

一九一八年，湖南衡陽某中學聘請一留洋日本歸來的「假洋鬼子」擔任教育主任。此人崇洋媚外，一上任便處處模仿東洋人，大肆鼓吹「東洋文明」，招來廣大師生的強烈反對。夏明翰特作一副對聯諷刺他：

「洋衣洋帽洋襪子，頭髮亦有洋味」

「賣國賣民賣祖宗，江山已快賣完」

橫批：

「ABCD。」

上聯直斥其人從頭到腳一身「洋」味，下聯卻把矛頭指向當局，表達了自己對賣國政府的一腔怨憤，尤其橫批以英文字母組成，極具諷刺意味。

69 鄒韜奮賀聯諷貪官

一九二二年，鄒韜奮從聖約翰大學畢業，趁清明節時回故土省親掃墓，恰巧碰上本地「父母官」籌辦六十大壽，給衙門官府送禮者絡繹不絕。鄒韜奮的親戚也勸其送點賀禮表示一下。鄒韜奮本是個鐵骨錚錚的硬漢子，從不願趨炎附勢，怎奈親友們勸說不斷，於是只好寫副對聯作為「壽禮」，選於設宴大慶之日托人轉給縣太爺。

那縣長接過「賀聯」，心中很是高興，想借此炫耀自己。他於是當眾親手把對聯展開，讓來祝壽的客人觀賞，沒料到竟引起哄堂大笑。縣太爺定睛一瞧，只見聯云：

「父母官愛民似子，金子、銀子、珠子，子子皆勞民血汗凝就」

「偽大人執法如山，錢山、糧山、寶山，山山乃枉法骷髏堆成」

縣太爺氣得目瞪口呆，半晌說不出一句話來。

70 紅黑一把抓

一九二六年，陝西西鄉縣先旱後澇，絕大部分地區糧食顆粒不收，民不聊生。第二年春天，正是青黃不接的時節，軍官郭翼嘉卻大做生日慶祝活動，派出爪牙，搜刮錢財。老百姓非常氣憤，某鄉民寫了一副「賀聯」，從鄰縣郵局寄到西鄉縣衙門。聯云：

「大大爺做生，金也要，銀也要，銅錢也要，紅黑一把抓，不分南北」

「小百姓該死，稻未收，麥未收，高粱未收，青黃兩不接，哪有東西」

收到此聯時，郭正大擺筵席，接待賓客，一時被弄得十分尷尬。

71 不管青菜紅苕

民國初年，四川軍閥割據，把他們統治的地區稱為「防區」，這

些軍閥各自在防區內巧立名目，攤派苛捐雜稅，老百姓深恨不已。四川民間，有祀瘟神的廟宇，有人便在瘟神廟題了一聯，一語雙關地諷刺了軍閥們的貪婪：

「坐鎮北方，不管青菜紅苕，拿來就吃」

「駐防斯土，若無黃金白鏹，休想除瘟」

在劉師亮的《時諺聲律啟蒙》中，也有不少諷刺四川軍閥橫徵暴斂的聯語，一時廣為傳誦，茲錄數聯：

「半年糧上六回，時拘押，時比追，迄無寧日」

「百貨稅收數道，罷請求，罷減免，只有呼天」

「月月完糧，該老鄉應擔義務」

「天天上鎖，為小民抗繳稅捐」

「你革命，我革命，大家喊革命，問他一十八年，究竟革死許多命」

「男同胞，女同胞，親愛好同胞，哀我七千萬眾，只能同得這回胞」

後一聯作於民國十八年，故上聯有「一十八年」之問。下聯「七千萬眾」，指當時四川人口。

72 諷刺地主豪紳

一九三四年，湖南湘鄉百日無雨，田禾枯焦，赤地千里。地主豪紳，借建醮為名，乘機向農民搜刮錢財，規定每戶要出捐款一元。沒有錢的，以米、魚肉等作抵。貧苦農民叫苦連天。有人在醮會門外貼一對聯云：

「大大爺顯聖，錢也收，米也收，肉也收，菜也收，受用無窮，享福不淺」

「小百姓何辜，幹個死，累個死，急個死，餓個死，身家難保，有誰見憐」

73 妙聯諷刺反動派

一九四四年，日寇侵佔寧鄉。當時，寧鄉軍統特務頭子何際元，組織了一支隊伍，美其名曰「抗日挺進正義軍」，全副美式裝備。白

天，窩藏在深山僻野，夜晚，便活動在鄉村，找保甲長要糧要款，到老百姓家捉雞打鴨，調戲姦淫婦女，可謂是無惡不作。老百姓對他們恨之入骨。當時，有一正義人士撰了一趣聯給予諷刺。聯語是：

「挺魚、插肉、插雞婆，正當收入」

「進穀、進米、進法幣，義不容辭」

這一聯語，把挺進、正義對得巧妙自然，譏諷也入木三分，在寧鄉各地廣為傳誦。抗日戰爭勝利以後，寧鄉各地方保甲重新改選。當時，洋泉鄉有個叫黃鼎青的國民黨黨員，既無文墨，又無德才，仗著靠山，撈到了鄉公所的主管職務。許多鄉代表敢怒不敢言。

有一正義人士撰一聯進行諷刺：

「寶鼎無煙香不久」

「糞青有色臭偏多」

這一聯語把他的為人裡裡外外描繪得淋漓盡致，使代表們拍手稱快，並在鄉村廣為傳誦。

74 妙聯戲「國大」代表

一九四七年入夏以後，國民黨政府在國內戰爭中屢戰屢敗，為了緩和矛盾，他們匆匆召開所謂「還政於民」的「行憲」國民大會。於是，喧囂一時的偽大選的醜劇在各地開演了。在這場醜劇中，酒食爭逐，金錢賄賂，比比皆是。湖北通城縣有一文人為當地「國大」代表撰寫一聯：

「縣代表，國代表，代表選代表，大吃大喝，大吹大擂」

「老紳士，新紳士，紳士捧紳士，升官升職，升位升屁」

寥寥三十八字，把當時社會上「五毒」之一的國大代表的嘴臉刻畫出來了。

75 私心無言的公局

某地群眾諷刺地主的統治工具——「公局」，寫過這樣一副對聯。

「八面威內，轉個彎私心一點」

「大模屍樣，勾入去有口難言」

這副對聯，從字的筆劃結構上拆字，倒也不拘一格，顯得活潑多變。「私」的本字是「禾」字，與「八」合成「公」字；「屍」、「勾」、「口」又合併為「局」字。全聯既隱含「公局」二字，又從聯意上道破了這種官僚機關的剝削本質。

76 上下「憑」等

當今社會，在某些公司依然存在封建社會那種「上尊下卑」的遺風。下級對主管無敢直呼其名者，上司的話如「金口玉言」，領導對下級卻官氣十足。有人針對這種弊習，戲撰一聯：

「上司開口才半句，早已是是是，對對對」

「下級陳詞達千言，始終嗯嗯嗯，噢噢噢」

橫批為：

「上下「憑」等」。

77 聯諷「孝」子

某老有子女多人，或經商或從政，全都羽翼豐滿，各立門戶，唯獨撇下老人獨居，無依無靠。一日身已染疾的老人猝死於家中，賴街坊報信，子女方知。乃大辦喪事，弔客盈門。出殯之日，摩托車開道，大小汽車送靈，浩浩蕩蕩，孝名轟動一時，好不風光。對此，了解實情者多有微詞。有人撰聯一副以贈「孝子」。

聯曰：「約法三章」

「影形相對無人問」

「車馬齊喧有子名」

78 諷某處長

某處長掌握人事大權，許多有求於他的人都來給他送禮。由於上面倡廉打貪政策，他為了表白自己「廉潔奉公」，在家門上用紅紙書了一副「對聯」：

「來客歡迎」

「送禮不收」

該處長這樣做，只是迫於形勢，不得不做點表面文章，妄圖蒙混過關。有人為了揭發他，便在他的「對聯」下面又加了六個字，變成：

「來客歡迎帶厚禮」

「送禮不收小東西」

第三篇、愛情篇

傳說唐伯虎，看上丞相府裡秋香的丫環。為了和秋香見面，喬裝到丞相府內當了書童。丞相欲以考驗一下書童的才學，可一時又想不出合意的上聯對句。

這時候，唐伯虎的好友祝枝山，故意裝作不認識唐伯虎，向丞相獻一上聯，讓唐伯虎對下聯。上聯是：

「十口心思，思國、思民、思社稷」

於是，即與對了下聯：

「八目尚賞，賞風、賞月、賞秋香。」

第三篇、愛情篇

1 夫妻聯句表真心

西晉大臣賈充有兩個妻子，一為郭氏，一為李氏。兩位夫人相處不和，時有齟齬，故二人分居二處。李夫人能詩能文，故賈充經常和李夫人一起吟詩作賦，品茗撫琴。

一日，賈充外出歸來，聽到屋中有人嘆氣，便問道：

宮中是阿誰，

「歎息氣正悲」

李夫人在屋內對道：

「歎息亦何為」

「但恐大義虧」

這意思是說：你不是問我為什麼嘆氣嗎？因為我是擔心你我夫妻的情有虧缺，有裂痕。賈充一聽，忙表明自己不會變心：

「大義同膠漆」

「匪石心不移」

李夫人聽後，卻道：

「人誰不慮終」

「日月有合離」

意在表明自己仍有顧慮，就是日月，有合在一起的時候，也有離開的時候。賈充覺得他們夫妻的感情非日月等自然現象可比，於是便道：

「我心子所達」

「子心我亦知」

意思是說，只要我的真心你能知道，你的心意我也知道就行了。

李夫人聽了這話，終於舒了一口氣，說道：

「若能不食言」

「與君同所宜」

意思是說，如果你不食言的話，那麼今後我和你在一起是非常適合的。

2 歐陽修婚聯

北宋薛奎，進士出身，仁宗時官至參知政事（副相）。他有三個女兒，大女兒嫁給了大文學家歐陽修，二女兒嫁給了狀元王拱辰。後來，他的大女兒因病早逝，他又將他的三女兒嫁給了歐陽修。

一次，王拱辰以對聯與歐陽修打趣：

「舊女婿為新女婿」

「大姨夫做小姨夫」

3 聯對薄情郎

從前，有對夫妻雖生活清苦，但相處很和睦。後來丈夫考中了秀才，自覺很了不起，妻子配不上他，即想休妻。適逢中秋之夜，夫妻賞月，丈夫要來筆墨紙硯，提筆寫道：

「中秋月下寫休書」

卻一時難覓下聯。

妻子看罷，入室端來一盤水果，內有石榴、青棗、荸薺和梨。丈夫略一思索，這些水果的諧音。

「十六清早逼妻離」

正是下聯，不禁佩服妻子聰慧，於是放棄了休妻的念頭，與妻子和好如初了。

4 老婆一片婆心

古時，有一名士叫麥愛新，他見妻子年老色衰，遂生休妻納嬌之念，於是便寫了一副上聯置之案上：

「荷敗蓮殘，落葉歸根成老藕」

他的妻子見後，看清了丈夫的心意，即提筆續出下聯：

「禾黃稻熟，吹糠見米現新糧」

麥愛新看罷，不禁拍案叫絕，深佩妻子才思敏捷，終於打消棄舊納新的想法。此後，妻子見其有悔改之意，於是又揮筆寫道：

「老公十分公道」

麥愛新續寫下聯：

「老婆一片婆心」

「老婆」蘊含白頭偕老之意，作為對妻子的愛稱，它一直沿用至今。

5 兩句對聯促成佳偶

施耐庵不僅是一位大文學家，還是一位醫術高超的醫生。他曾一度住在江蘇興化縣城裡，當時有位叫顧斐的病人，患病多日，申請口中不斷念叨著「五月豔陽天……」經多名郎中診治，卻不見起色。

後來，顧斐的家人聽說施耐庵醫術高明，便請施耐庵來給顧斐看病。施耐庵坐在顧斐床前，仔細觀察了病人的病情和神態變化，當病人自言自語「五月豔陽天」時，他立即對上「三春芳草地」。

顧斐聽罷，頓時精神抖擻，病容全消，掀開被子，起身下床，鄭重地給施耐庵施一禮後說：

「山石岩前古木枯此木為柴」

施耐庵略一思索，對道：

「白水泉中日月明三日是晶」

顧斐驚喜萬分，千恩萬謝，至此，他的病已痊癒了。

原來顧斐患的是相思病，他愛慕的一位小姐是位才女，但小姐要求，必須對上兩副對聯後，才答應與他成婚。他冥思苦想，越急越想不出佳聯以對，因而急出病來。施耐庵悟到顧斐患的是心病，不僅解除了他的心病，而且成就了一對佳偶。

6 唐伯虎巧聯「賞秋香」

傳說，明代才華橫溢的風流才子唐伯虎，看上了丞相府裡的一個名叫秋香的丫環。他為了和秋香見面，喬裝改扮到丞相府內當了書

童。丞相欲以對對子的形式考驗一下書童的才學如何，可一時又想不出合意的上聯對句。

恰巧，這時候，唐伯虎的好友祝枝山也在場，故意裝作不認識唐伯虎的樣子，向丞相獻一上聯，讓唐伯虎對下聯。

上聯是：

「十口心思，思國、思民、思社稷」

唐伯虎是何等聰敏，當即聽出祝枝山上聯用的是並字、頂針法。於是，即與對了下聯：

「八目尚賞，賞風、賞月、賞秋香。」

7 二喬大喬一人占

據傳，明朝開州府有師兄弟七人皆中進士。其師妹大喬、二喬個個才貌雙全，她們打算從眾師兄中選夫婿，於是便出句索對。出句道：

「一大喬、二小喬，三寸金蓮四寸腰，五匣六盒七彩粉，八分九分十倍嬌」

眾師兄個個冥思苦想，久不能對，七人走了六個。最後，留下來的程某對出下聯：

「十九月、八分圓，七個進士六個還，五更四鼓三聲響，二喬大喬一人占」

後來，他果然娶到了兩位師妹。

8 才女設聯擇夫婿

從前，有一個姓倪的小姐，不但才貌出眾，而且聰明好學。因此向她求婚的人絡繹不絕。小姐是個有主見的女子，她一心想嫁一個有才華的人。為了招位佳婿，就在自家門外寫了一副上聯，對上者方可與小姐談論婚嫁之事。上聯是：

「妙人兒，倪家少女」

乍一看，此聯好像沒有什麼難的，其實難度很大。聯內不僅包含著小姐的姓氏和年歲，而且文字拆並得十分巧妙：「妙」是「少女」之合，「人兒」又是「倪」字之分。

當時，有個姓李的書生前來求婚，面對小姐出的上聯，思索片刻，提筆對出下聯：

「鍾山寺，峙立金童」

小姐看了李生的下聯之後，招見李生，二人情投意合，一見鍾情，遂成婚配。

9 程敏政聯對得佳偶

明代文學家程敏政，學問淵博，為一時之冠，官至禮部右侍郎。他在十歲時，即以神童被推薦到京城，朝野上下，以為異事。宰相李賢，打算招他為婿，設宴款待他，指著桌上的果品，出對道：

「因荷（何）而得藕（偶）」

程敏政聽了這諧音聯馬上猜到了李賢的用意，隨口對道。

「有杏（幸）不須梅（媒）」

李賢見他果然才思敏捷，遂將女兒許配給他。

10 三姊妹聯對徵婚

舊時山東登州府有個宋家莊，宋家莊有位宋員外有三個如花似玉的女兒，宋員外愛如掌上明珠。

三姊妹長大後，不僅長相出眾，而且都能詩善文，尤其是擅長對聯。女大當嫁，宋員外見女兒們都到了出嫁的年齡，就張羅給她們成親，可三個女兒都不要媒人介紹，她們告訴父親，姐仨兒擇婿的條件只有一個，只要能對上她們出的上聯，便以身相許。

於是，三姊妹各出了一個上聯，張貼出去徵婚，大姐的上聯是：

「天垂山邊走進山邊天還遠」

二姐的上聯是：

「船載貨物貨重船輕輕載重」

三妹的上聯是：

「北雁南飛雙翅東西分上下」

宋氏三姊妹徵婚聯一出，百里方圓馬上傳開，凡肚子有點墨水的都躍躍欲試，但一個多月過去，三姊妹雖然收到了幾十條下聯，但仍未有一條中意的。

距宋家莊百裡外有個周家莊，周家莊有位周塾師，年逾花甲，膝下有三個兒子，三位兒子雖然沒有考取功名，但在周塾師調教下，個個出口成章，提筆能文，尤其是擅長對對聯。

當聽說宋氏三姊妹用對聯徵婚，哥三個便摩拳擦掌，下決心想出漂亮的下聯前去爭個高低。哥三個一宿未睡，並分工明確，大哥對大姐，二哥對二姐，三弟對三妹。

大哥對大姐的下聯是：

「月出水面撥開水面月又深」

二哥對二姐的下聯是：

「丈量土地土長丈短短量長」

三弟對三妹的下聯是：

「前車後轍兩輪左右走高低」

三姊妹一看周家三兄弟的下聯，個個滿意。於是，宋氏三姊妹同周家三兄弟便結成三對夫妻，花好月圓，傳為美談。

11 秀才聯語得才女

從前有個年輕的秀才，能詩善對，滿腹文章。只因厭惡官場私弊，不肯與哪些貪官污吏同流合污，便隱居鄉村教書度日。他不但書教得好，而且對每個學生都很關心，因此學生們都喜歡他。

一天，他在課餘給學生們出了一個三字的上聯，讓學生們對。這上聯是：

「雞冠花」

學生們想了好久，沒有一個能對上來。次日一早，一個小男孩向老師說他對上了，他對的是：

「狗尾草」

秀才一聽非常驚喜，便問這個學生：「這下聯是你自己對上的嗎？」

小男孩不敢說謊：「是我姐姐幫我對的。」

秀才不禁暗自敬佩：這偏僻鄉村，竟有此等才女。於是，他又出了一個上聯，讓小男孩轉告他姐姐，讓她來對：

「竹篾綁筍，筍長大即竹；」

第二天，小男孩來報告說他姐姐對得是：

「稻草捆秧，秧結籽成稻」

秀才覺得這位村女文才非凡，便對這位村女產生了愛慕之情。他要向村女表白自己胸懷坦白、不爭功名，並試探村女意向如何。於是，他又給這個學生的姐姐出了一個上聯：

「竹本無心，外面空生枝節」

村女一看，即知其意，當即對道：

「藕雖有孔，內裡不染污泥」

秀才見了這個下聯，對內心秀美的村女更是愛慕，便想結為佳偶。

但又感到自己身為人師，有很多不便之處，怕一時難以遂願。於是，便又出一聯，表達自己的心境：

「樵夫伐薪，怎奈山高路遠」

村女得此聯後，對道：

「漁翁捕魚，那怕江闊海深」

秀才見了這下聯，知道村女心意堅定，就再出一聯，表明自己的求婚之意，並徵求辦法：

「湖水漣漪，一碧深情何不生蓮（憐）」

村女得了此聯，即回以：

「庭花爛漫，滿園春色怎可無梅（媒）」

這個年輕秀才便托媒說親，一對有情人遂成眷屬。

12 程秀才巧對結良緣

某員外有一女兒，才貌雙全，提媒的踏破門檻，小姐卻一一拒絕。

問其原因，她說有一對聯，誰如果能夠對得上下聯，不管貧富，以身相許。她的上聯是：

「月朗星疏，今晚斷然無雨」

此聯掛出數日，無人能夠對上。一日，一位姓程的秀才路過此地，看了這個上聯，很快便對出了下聯：

「風寒露冷，來朝必定成霜」

「成霜」諧音「成雙」。小姐聞知這個下聯，心裡非常高興，就嫁給了程秀才。

13 兩家聯姻緣佳對

清朝時，有一姓趙的人家，家業富足，又是詩書門第，只有一個兒子，已經二十歲，尚未娶妻。有一姓錢的人家托人前來說媒，女方也是書香之家。趙家說要出一個對聯，讓錢家題對，對得上就成親；對不上親事作罷。趙家的上聯是：

「乾八卦，坤八卦，八八六十四卦，卦卦乾坤已定」

這上聯送到錢家，錢家對出下聯，寫在紙上，送到了趙家。趙家一看，這下聯是：

「鸞九聲，鳳九聲，九九八十一聲，聲聲鸞鳳和鳴」

眾人連聲稱讚「對得好！」。於是，兩家便結成了親家。

14 好男志在分國憂

清乾隆年間，大學士劉墉正直清廉、忠君愛國。一次，他被奸臣和珅誣陷，被貶山東，兩袖清風的他生活非常艱難，連被稱為才女的妻子也巧婦難為無米之炊。一日，妻子戲作一聯向劉墉訴苦：

「尋漢尋漢，穿衣吃飯，巧婦難為無米粥」

劉墉聽罷，不無內疚地看看妻子，吟出下聯：

「覓妻覓妻，吃飯穿衣，好男志在分國憂」

此聯不但趣答了妻子的責難，同時也抒發了自己時刻不忘報國的

情懷。

15 到死不聞羅綺香

清光緒年間的直隸總督楊士驤，本是好色之徒，但卻是個畏妻如虎的人。在妻子的監督和嚴格約束下，他從不敢越雷池半步。他在臨終前撰一自挽聯曰：

「平生好讀遊俠傳」

「到死不聞羅綺香」

下聯意思是說自己至死也未招惹過別的女人。他在臨終時猶念念不忘此人生憾事，可見其願望之強烈。

16 嫦娥原愛綠衣郎

古時，朝中有位好色的進士，聽說某幕僚的女兒花容月貌，且文才非凡，便起了佔有之心。於是他托人到幕僚家說媒，欲納其女兒為妾。

幕僚本心中不滿意，但懾於進士的權勢，未敢當面推辭，送走媒人後，與妻子、女兒商量對策。女兒根本不同意嫁給那個好色的進士，但看父親作難，便說：「您不必為此事過慮，我自有辦法應對，您可以和他說，如果他能對上我出得對子，這事才可考慮。」

父親將條件轉告進士，那進士自認為文才出眾，便高興地答應下來。不久，女方用大紅金紙寫來一聯：

「竹映桃花，君子也貪紅粉色」

進士觀罷，暗中佩服女子才氣非凡，待到思對時，卻搜腸刮肚不能對。進士只好忍羞求助一個文功深厚的從僚。從僚看出了詩中玄妙：「竹子」素有「君子」之稱，與「桃花」相映，「紅粉」相諧，連接緊密而自然，堪稱佳句。經一番馳神，將下聯寫出送回：

「月穿楊柳，嫦娥原愛綠衣郎」

進士見從僚對得巧妙，心中很是高興。正在他得意忘形之際，忽見女方一婢女將下聯退回。那下聯旁批道：「綠衣郎乃狀元從屬，公係榜眼出身，雖對之工麗，但與身分不符，誠係他人作美。」

進士大驚，沒想到此女子竟有如此文才和眼力，自己的小伎倆被看穿，他很是羞愧，於是打消了納其為妾的念頭。

17 新婚賀聯妙趣橫生

清末名士熊希齡的結髮妻子因病早亡，熊希齡念及夫妻之情，多年未娶。到他六十六歲時在上海結識了毛彥文女士，他突然萌動了再婚之情。兩人情投意合，一見鍾情，經過一番了解，便欣然結為伉儷。當時，毛彥文三十三歲，正好是熊希齡年齡的一半。

名人結婚，自然少不了各方面的賀客。在眾賀客中，有毛彥文的同學陳女士。她見老夫少妻結成一對，且恩恩愛愛，頗感有趣，便當場寫了首詼諧的賀婚聯：

「舊同學成新伯母」

「老年伯做大姐夫」

原來，陳女士曾稱熊希齡年伯，故云「老年伯」，毛彥文自然就是「新伯母」了；而陳女士與毛彥文是同學，她們素以姐妹相稱，毛彥文稍長於陳女士，由此而論，這新郎熊希齡自然就成了陳女士的「大姐夫」了。

18 幽默大師幽默聯

清末民初，幽默大師劉師亮擅以詩文諷世，曾於成都創辦《師亮隨刊》，憑藉自己的社會聲譽和威望與土豪劣紳們相鬥爭。

友為新婚燕爾，劉師亮為其賀道：

「子兮子兮，今夕如夕」

「如此如此，君知我知」

上聯出自《詩經・綢繆》：「今夕何夕，見此良人。子兮子兮，如此良人何？」表達的是新婚夫婦的歡愉之情。下聯也是文學作品中的常用語，「君知我知」之說，多有運用。細細讀來，宛若一對情侶一問一答，明知故問，著實有趣。」

19 月照美人櫻桃口

從前，某地有個大財主，非常富有，其膝下只有一獨女。他的女兒才貌雙全，可眼看已年近二十，卻仍未婚配，這令財主頗感憂愁。原來，小姐是想找一個有才學的丈夫，她早就曾出過徵婚對聯，也來過不少讀書人，可卻沒有一個讓小姐滿意的。

一日，門外又來了一個年輕秀才，是前來對句的。此人長得一表人才，文靜中還略帶幾分乖巧。因此時天色已晚，財主便令家人將他接入廂房安歇。

小姐的丫鬟春香見後，忙去告訴小姐：「廂房住下一個年輕英俊的秀才，明日要與你對句。」小姐聽後非常欣喜，忙對春香耳語一番。春香會意，並笑著對小姐說：「小姐您最好出簡單一點的，出短一點的，要不然，您可嫁不出去了。」

小姐走出閨閣，抬頭望望當空的皓月，不覺觸景生情。回到房中，打開香箋，寫下一聯：

「月照」

小姐寫罷，讓丫鬟傳到廂房。秀才看罷，信手在香箋上寫道：

「門擠」

小姐又出「美人」，秀才對之以「秀才」，小姐出「櫻桃」，秀才對之以「圓蛋」。小姐看到此，不禁「噗哧」一笑：「這也出自大秀才之手嗎？這樣的對句村夫也能對出來，看來，他也不是什麼有才學的人。」但為了完成最初的構想，她還是出了最後一個字：

「口」

秀才隨意對之以：

「頭」

小姐見聯，對丫鬟說：「你去告訴那小子，就說我的上聯是分四

次出的，接在一起是一句七字上聯。」

丫鬟轉告了秀才，秀才聽罷，大笑道：「你家小姐分四次出句連成上聯是：

「月照美人櫻桃口」

可我的下聯也是四次回對，聯成的下聯是：

「門擠秀才圓蛋頭」

丫鬟將此話告訴小姐後，小姐仔細一品，終於恍然大悟。於是，她粉面通紅地對丫鬟說：「明早稟告家父，留下這秀才。」

第四篇、慧童篇

北宋文學家王禹偁博學多才，七、八歲時，已能屬文。畢文簡為郡從事，聞知他的才名，又聽說他家以磨麵維生，於是便叫他以磨為題作副對聯，他隨口吟了一副比喻對聯：

「但取心中正」
「無愁眼下遲」

文簡聽罷，大為驚喜，便留下他給官家子弟講學。

第四篇、慧童篇

1 歐陽修進城

歐陽修在少年時期就立志要成為一個學識淵博的人，於是年僅十二歲的他孤身一人離家趕赴襄陽求學。當他趕到襄陽城下時，天色已晚，城門已經關上了。他抬頭望見城頭有一個年紀較大的士兵在把守，便拱手施禮道：「我是到城裡來求學的，煩請老伯開門讓學生進城好嗎？」

這名老兵本不敢隨便違例開門，但見歐陽修很懂禮貌，頓起愛憐之心，說道：「既是書生，我出一聯，對得出放你進城，如果對不出，明天再來。」於是出上聯道：

「開關早，關關遲，放過客過關」

歐陽修略一思索說：「出對子容易，對對子難啊，請先生先對吧！」老兵道：「我是要你先對！」歐陽修笑著說：「學生已經對過了。」老兵細心一想，恍然大悟，立即下來給歐陽修開了城門。

歐陽修的下聯是：

「出對易，對對難，請先生先對」

此聯與上聯前後呼應，巧奪天工，實為妙對。

2 王禹偁巧聯對太守

北宋文學家王禹偁博學多才，七、八歲時，已能屬文。畢文簡為郡從事，聞知他的才名，又聽說他家以磨麵維生，於是便叫他以磨為題作副對聯，他隨口吟了一副比喻對聯：

「但取心中正」

「無愁眼下遲」

文簡聽罷，大為驚喜，便留下他給官家子弟講學。

有一天，畢文簡宴請賓客，書上聯於屏間，令眾人速對下聯。上聯是：

「鸚鵡能言難似鳳」

滿席賓客，無人能對。王禹偁略做思索後，揮筆書出下聯：

「蜘蛛雖巧不如蠶」

文簡驚歎道：「經綸之才也！」並賜他衣冠，以「小友」呼之。

3 蘇軾幼年改對聯

北宋大文學家、大詩人蘇軾學識淵博，多才多藝，他小時候就聰明過人，勤奮好學，七歲知書，十歲能文，同齡夥伴無人能及。有時他亦不免沾沾自喜，曾在門前寫了這樣一副對聯：

「識遍天下字」

「讀盡人間書」

幾天以後，一位老人專程前來，拿出一本書，讓他念念書上的字。他接過書一看，認識的字寥寥無幾，只得慚愧地向老人表示歉意。老人走後，他把那對聯各添了兩個字：

「發憤識遍天下字」

「立志讀盡人間書」

以後，蘇軾更加專心刻苦地攻讀，終於成為一代文豪，其詞文流傳千古。

4 文彥博巧對討球

文彥博是北宋傑出的政治家，他小的時候就十分聰明。

有一天，文彥博與小夥伴們正在一起玩皮球，正好太守乘轎路經這裡。真是無巧不成書，皮球恰好飛到了轎子前，被太守一手接去。小夥伴們「轟」一下全嚇跑了，只有文彥博一人走上前去，伸著小手說道：「請您把皮球還給我。」

太守打量他一番，問道：「你叫什麼名字？」

「文彥博。」

「哦！人人都說你聰明，我今天要考考你：我出個上聯，你能對出下聯球就給你。如果對不出來嘛，那就對不起嘍！」太守說道。

文彥博大大方方地說：「那就說出您的上聯吧。」

太守想了想，說：

「童子六七人，唯汝狡。」

文彥博微微一笑：

「這個容易，太守二千石，獨公……」

太守說：「下邊還缺一個字呢？」

文彥博說：「你要是把球給我，就是一個廉字。」

「要是不給呢？」

「要是不給嘛，就是一個貪字。你看要哪一個字呢？」

太守一聽，趕忙把球扔給了他。

5 高則誠六歲對客人

元末明初戲曲作家高則誠，六、七歲時，即能吟詩作對。在他六歲時，一次，他父親在家中會客，他偷偷從桌上拿了一點吃的。

客人看到後，有意調笑高則誠，便對他父親說：「聽說令郎捷對，讓我一試。」便說：

「小兒不識道理，上桌偷食」

高則誠當即對以：

「村人有甚文章，中場出對」

高則誠如此年幼，卻有這樣的才思，令客人始料不及，他被駁得紅著臉又說：

「細頸壺兒，敢向腰間出嘴」

高則誠針鋒相對：

「平頭鎖子，卻從肚裡生銹」

客人驚其天才，便緘默無言了。

6 小馬驛對朱元璋

明朝開國皇帝朱元璋很喜歡對聯，無論行軍打仗，飲酒下棋，微

服出行，登堂進廟，隨時都乘輿談論對聯，或題寫對聯。他在率兵包圍集慶的路上，見一個頗有靈氣的小孩子看守馬驛，就問那孩子：

「你多大啦？」

孩子乾脆地回答：「十歲啦。」

「你會對對聯嗎？」

小孩子隨口答道：「能！」

朱元璋就笑著出對道：

「十歲兒童當馬驛」

那孩子眨著一雙水靈靈的大眼睛，隨聲對道：

「萬年天子坐龍廷」

朱元璋大喜，一把將孩子抱起來，笑說：「好樣的！」便收他為義子。

7 于謙幼年對太守

于謙幼年時，一日，他身穿紅衣裳騎馬走過橋上，與太守相遇，太守望著他，吟了一聯：

「紅孩兒騎馬過橋」

于謙隨口對道：

「赤帝子斬蛇當道」

太守聽罷，驚異非常。

8 邱濬幼年對顯貴

明代作家邱濬，小時候在學堂讀書。有一天，大雨滂沱，教室有的地方漏雨，邱濬與一個顯貴的兒子為爭好座位吵了起來，老師發現後，說：「不要爭，我有一句五字聯，誰能對出，就坐好位。」

老師遂念道：

「細雨肩頭滴」

顯貴之子目瞪口呆，不知所對。邱濬很快對道：

「青雲足下生」

老師見邱濬對得好，就讓他坐了好座位。顯貴之子不服，回家告訴他父親。他父親聽罷大怒，派人把邱濬叫來，氣急敗壞地喝道：

「誰謂犬能欺得虎」

邱濬毫無懼色，鄙視地一笑，從容對道：

「焉知魚不化為龍」

顯貴見邱濬出語不凡，怕他將來做了大官，對自己不利，便息了怒氣，把邱濬送了出來。

9 施槃幼年對都憲

明代施槃，家貧好學，穎悟過人，英宗時，高中狀元。施槃幼年時，有人帶他拜見一位姓張的都憲，張都憲出對考他：

「新月如弓，殘月如弓，上弦弓，下弦弓」

這是個頗有難度的複字聯，不易對出。可施槃卻隨口對道：

「朝霞似錦，暮霞似錦，東川錦，西川錦」

都憲一聽大為驚喜，立即讓他進家塾讀書。

10 顧鼎臣幼年對館師

明朝顧鼎臣，弘治進士第一。幼年時，有一次，館師出對考他：

「花塢春晴，鳥韻奏成無孔笛」

顧鼎臣即對道：

「村庭日暮，蟬聲彈出不弦琴」

又一日，其父出對考他：

「柳線鶯梭，織就江南三春景」

顧鼎臣即對以：

「雲箋雁字，傳未塞北九秋書」

11 李東陽幼年對皇帝

明代詩人李東陽，天順進士，官至吏部尚書、華蓋殿大學士。李東陽從小就聰穎過人，會寫詩作文題對，大家都喜歡他。皇帝聽說有這麼個聰明的孩子，於是便召他進宮，那年他只有六歲。

古代皇宮的門檻很高，小小的李東陽怎麼也跨不過去。皇帝見了，笑道：

「神童足短」

這時，李東陽趴在高高的門檻上，當即對出一個聯句：

「天子門高」

吃飯時，皇帝從桌上拿起一隻熟螃蟹，又出了一個對句考他：

「螃蟹渾身甲冑」

李東陽眨眨眼睛略一思索，便對道：

「蜘蛛滿腹經綸」

在場的人都驚奇不已，連聲誇獎他。

12 曹宗七歲對漁民

明代曹宗，七歲便能吟詩作對。一天，曹宗到海濱遊玩，一個漁民打算試試他的才學。便說：「你若能應我的對，送你一條大魚。」於是念道：

「沙馬鑽沙洞，沙生沙馬眼」

「沙馬」是一種魚名，下聯也必對以動物名。曹宗見水牛在塘中洗澡，即對道：

「水牛食水草，水浸水牛頭。」

這個魚民故意給他一條十多斤重的大馬鮫魚，看他如何帶回家去。曹宗不慌不忙地用繩子拴住魚腮，放到水溝當中，拖了回去。

有一夜，曹宗正在浴室洗澡，從縣裡來了一個更夫，請他代對對聯。更夫說，他錯打了更鼓，守城監史要他對對聯，對不上，打四十大板。這上聯是：

「東樓三，西樓四，更鼓朦朧，朦朧更鼓」

就聽曹宗在室內隨聲對道：

「南斗六，北斗七，諸星燦爛，燦爛諸星」

13 張居正童年對巡撫

明朝政治家張居正，他應童子試時，適逢東橋公顧磷任湖北巡撫，顧磷見他聰明伶俐，就想一試他的才學，便出對道：

「雛鳳學飛，萬里風雲從此始」

張居正即對道：

「潛龍奮起，九天雷雨及時來」

顧磷聽後大喜，於是便解下腰間金帶贈給他，並說：「好樣的！你將來一定比我有出息。」

14 張居正巧對府台

明代宰相張居正小時候是有名的孩子王。一天，他和幾個夥伴在一起做遊戲，用竹椅當轎子，張居正坐在上面，叫幾個孩子抬著他走。這時，荊州的府台經過這裡，幾個孩子嚇得要逃走，張居正說：「不要怕，讓我來對付他們。」

府台的儀仗隊很快就到了跟前，差役令他們讓路。張居正站起來說：「他是官，我也是官，為什麼一定要我讓他？」府台在轎中聽到這話，便走出轎來說：「你知道我是什麼官？」張居正回道：「誰不知道你是荊州的府台，可你知道我也是一個官，是管官的官。」

府台見眼前這個小孩如此大的口氣，便想難他一下，便說：「我出一個上聯，你對得出，我就給你讓路；對不出，你給我讓路。」府台接著說出上聯：

「大大爺，八抬轎，頂天立地」

張句正脫口而出：

「小童生，一支筆，定國安邦」

府台一聽，這小孩果然是奇才，便令差役繞道而行。

後來，張居正靠著他的勤奮努力，終於官至宰相，當了一個管官的官。

15 萬里長江作浴盆

解縉九歲時，父親帶他到長江裡游泳，將衣服掛在老樹上。父親口占一上聯：

「千年老樹當衣架」

解縉馬上對道：

「萬里長江作浴盆」

氣魄之大，很難想像是出自一個九歲孩子之口。

16 滿朝薦九歲對縣官

滿朝薦九歲時，在麻陽縣蘭裡街下面的水星閣庵堂裡讀書，上學、回家都必須經過斷溪口橋。一日，麻陽縣太爺路過斷溪口橋上，坐轎兵士前呼後擁，來往行人都不敢從橋上過，紛紛繞路迴避。

滿朝薦卻手執白扇，大搖大擺，直往橋上走去。走到縣太爺轎邊時，便停下來，用白扇遮住小臉蛋，偷偷地看縣太爺是個什麼樣子。縣太爺發覺有個小孩在看他，嘲笑說：

「白扇遮牛面」

滿朝薦見縣太爺頭戴紗帽，連忙回答說：

「烏紗罩狗頭」

縣太爺喝令兵士捉住滿朝薦問罪。滿朝薦說：「縣太爺出了上對，晚輩應該答出下對，如果答得不對，可以罰打手板。」縣太爺想了半天，覺得此句對得的確非常工整，只好做罷。

17 李自成少年對其師

李自成十六歲時後，一天傍晚，雨過天晴，明月皎潔。他老師乘興叫他來對句，出的上聯是：

「雨過月明，頃刻呈現新世界」

李自成想了許久未得下聯。偏巧，狂風頓起，雲遮月蔽。他觸景即對道：

「天昏雲暗，須臾不見舊江山」

18 林大茂巧對葉梅開

明末清初，有個長工的兒子叫林大茂，七歲就給財主放馬。他聰明伶俐，喜愛讀書，每天到學堂外邊，邊放馬，邊聽先生講課，日久天長，他已學得學問滿腹。

大茂十一歲那年，縣裡舉行科舉考試，他偷偷地騎上一匹沙灰大馬前去參加。走到縣衙門口，官員見他衣衫破爛，滿身泥沙，喝問道：

「哪裡來的村野頑童？」

大茂說：「我是來應試的。」

那官員冷笑道：「泥腿子也想考狀元？癩蛤蟆想吃天鵝肉！好吧，我出個對子給你對，對得上，就放你去考。」於是便念道：

「沙人騎沙馬，沙頭沙尾沙屁股」

大茂即對道：

「土官坐土城，土頭土腦土王法」

土官啞口無言，大茂騎馬奔考場去了。

監考官叫葉梅開，是縣裡有名的人物，聽了大茂的名字，對大茂說：「我出個對子，你若能對上，就讓你進去考。」大茂坦然地說：

「好！一言為定！」葉梅開就出了上聯：

「嫩竹初生，幾時等到林大茂」

大茂知他叫葉梅開，當即針鋒相對地回敬道：

「梅花開放，何日見過葉先生」

葉梅開見大茂對的工整，喜他之才，便讓他進考場去了。

19 戴大賓巧對主考

明朝有個名叫戴大賓的童子。他自幼好學，飽讀詩書，聰明伶俐。十歲參加童子試時，有個秀才問他將來想做個什麼官？他答：「閣老」。秀才就戲他道：「未老為何思閣老？」，他立即回敬道：「無才豈能稱秀才！」。秀才因而被他弄得非常難堪。

臨考時，主考指著大堂上的虎皮椅，出對道：「虎皮褥蓋學士椅」。戴大賓舉著毛筆對道：「兔毫筆寫狀元坊」。主考說：「雨」，他對：「風」。主考又說「杏花雨」，他對：「楊柳風」。主考接著說：

「沾衣欲濕杏花雨」

他對：

「吹面不寒楊柳風」

主考再說：

「沾衣欲濕杏花雨，紅雨」

他對：

「吹面不寒楊柳風，綠風」

主考再續：

「沾衣欲濕杏花雨，紅雨落後結青果」

他對：

「吹面不寒楊柳風，綠風過處飄白綿」

見難不住，主考又出對道：「月圓」，他覆對：「風扁」。

主考這時不同意了，問：「風怎麼會是扁的？」他答：「風能鑽進門縫，不是扁的能行嗎？」主考無言以對，並連連點頭稱許：「後生可畏，來日小子必登科」，他連忙稱謝：「前輩不棄，他年大鵬定展翅」

後來，戴大賓果然金榜題名。

20 周漁璜幼年對僧人

清代著名詩人周漁璜，年輕時，常在某寺挑燈苦讀，徹夜不眠。長老很欣賞他，二人相處的十分融洽。一天，長老想試試他的才學，便以含苞未放的臘梅為題，出對道：

「梅蕊未開，光棍先生白嘴」

周漁璜會心一笑，立即對道：

「椒實既熟，夾殼長老黑心」

長老聽罷，不禁哈哈大笑，從此，對漁璜更加敬重。

21 童子書聯驚乾隆

某年除夕，乾隆出宮微服私訪。

他走在大街上看家家戶戶貼的對子，看見好的對聯便點頭稱讚；看見差的，便不住地搖頭。

他邊走邊看，來到一個門樓前面，見這副對子與別個不同：

「數一數二門第」

「驚天動地人家」

橫批是：

「先斬後奏」

乾隆看罷，驚詫不已，這是誰家這麼大膽？他仔細打量一下這家的房子，已經年久失修，快坍塌了。他本打算進去問個究竟，又怕露了皇帝身分，便決定等第二天上朝時再說。

次日（大年初一）一大早，滿朝的文武百官都來參朝，給乾隆拜年，乾隆命人去把貼那副對聯的人帶來問個明白。

不多久時間，差役把那個寫對子的人五花大綁，推到金鑾殿前跪下了。乾隆一看，原來是個十一、二歲的小孩兒，長得眉清目秀，顯出幾分機靈。乾隆問：「小孩子，那副對聯是你寫的嗎？」

小孩兒答道：「是我寫的。」

「你知道你犯了王法嗎？」乾隆問。

小孩兒說：「不知犯了哪條王法。」

乾隆說：「你寫的對聯是什麼意思？不是犯了欺君之罪麼？」

小孩兒從容地說：「那上聯是指我爹說的：我爹是個打斗的，（在糧行裡專門管過斗的人，每過一斗要喊一聲數，報給記帳的）打一斗報一斗，一天到晚數著『一、二』，那不是『數一數二門第』？那下

聯是指我二叔說的：我二叔是在道台衙門裡管放炮的，道台大爺一出門，我二叔就放三聲大炮，那豈不是『驚天動地人家』？」

乾隆一聽笑著點了點頭道：「原來是這樣，那『先斬後奏』又該如何解釋呢？」

小孩兒說：「那是指我三叔說的，我三叔在肉架上管殺豬，把豬先殺了，然後梃，梃的時候用棒子揍豬身子，那不是『先斬後奏』嗎？」

乾隆聽罷，對大臣說：「鬆綁！賞十兩銀子，叫他上『滿學』！」（據說是清朝設的一種書館，上滿學的人，科考時可以優先錄取。）

22 王爾烈幼年對其師

清朝乾隆、嘉慶年間，遼陽城裡有一位才子名叫王爾烈。王爾烈幼年在遼陽城東南的魁星樓私學館就學。一年秋天，他跟著老師和同學們到郊外賞遊，面對黃花盛開的原野，老師隨口吟出一句上聯：

「野外黃花好似金釘釘地」

他要求學生們對下聯，同學們一個個面面相覷，不能作答。獨有王爾烈回望城中遼陽白塔，思索片刻，即對出了下聯：

「城內白塔猶如玉鑽鑽天」

23 王爾烈巧對和尚

王爾烈念完四年私塾，父親就叫他到遼陽城南千山龍泉寺當雜工。一有閒空，他就向有學問的老和尚請教詩文之道。有一年冬，天降大雪，寺裡的小和尚和雜工們都來掃雪，他們掃完雪後，用雪塑了個觀世音菩薩像。這時，方丈元空和尚來到跟前，便以雪人為題，出了個上聯：

「雪積觀音，日出化身歸南海」

方丈讓小和尚們對下聯。小和尚們抓耳撓腮誰也對答不上。只聽

王爾烈在一旁說了聲：「我來對！」

便朗朗念道：

「雲成羅漢，風吹漫步到西天」

元空和尚一聽，連念：「阿彌陀佛！」小和尚們也都欽佩稱讚不已。打那以後，元空和尚就收王爾烈為身邊茶童。

24 李調元幼年對其父

清代戲曲理論家、文學家李調元年輕時即能應聲作對，隨口吟詩，揮筆成文，因此人們說他是世之罕見的奇才。

一年春天，李調元隨父親李化楠及老師趙亮出外散步，觀賞田園風光。他們走到百花渠，見那裡有一個碾子，正在碾米。趙亮對笑著對李調元說：「我給你出個對兒。」遂念道：

「一木壓滾調園（元）」

李調元抬頭看見前面半山有座寺廟，門前一根燈杆上，掛著明亮的九蓮燈，即指著燈杆說：

「兩石夾柱照（趙）亮」

李化楠暗自驚奇兒子思維之敏捷，但又轉身對兒子說：「調元無禮，竟敢直呼老師的名字？」

趙亮忙說：「對得好，不妨事。

李化楠對兒子說：「我也出個上聯，你對對看。」念道：

「蜘蛛有網難羅雀」

意思是說：你小小年紀有多大學問。可李調元卻以為在問他的抱負，便與沖沖地說：

「蚯蚓無鱗欲成龍」

李化楠和趙亮相視而笑，趙亮誇獎李調元將來必成大器。

25 陶澍幼年對東家

清代陶澍，幼時家境貧寒，其父將他送到益陽毛栗坪學館，一邊讀書，一邊給學館東家放牛。他聰明好學，進步很快。

一次，他放牛回來早了些，東家不高興，打算出個對子諷刺一下他，就說：

「小子牽牛入戶」

小陶澍靈機一動，隨手將鞭子一揚，對道：

「狀元打馬回鄉」

東家見陶澍出語不凡，以後再不敢小看陶澍了。

26 陶澍少年寫對聯

陶澍十三歲時，他家鄉興建了一座榨油場。榨油場開張時，老闆請來幾位秀才，為榨油場慶典寫對聯。他們搜腸刮肚，苦思冥想，也想不出什麼好對聯。小陶澍見此情景，微微一笑，提起筆來，一揮而就：

「榨響如雷，驚動滿天星斗」

「油光似月，照亮千里乾坤」

眾人看罷，齊聲叫好。

有人向陶澍的父親祝賀說：「您有這麼一個不同凡響的兒子，將來一定能享清福啊！」

老頭兒聽了，笑著擺手道：「我哪有這樣的好命，餐餐有紅芋、包穀吃，夜夜有兜根火烤，我就心滿意足了。」

陶澍聽了，一聲不響。這年除夕，他就寫了一聯，貼在了自家的門口：

「紅芋包穀兜根火，這種福老夫所享」

「齊家治國平天下，那些事小子為之」

27 林則徐幼年對鄉人

一天，林則徐放學回家，遇見一群鄉人，望著池塘裡游來游去的鴨子，正在作對為戲，一人吟道：

「母鴨無鞋空洗腳」

眾人聽了，無人能對。林則徐在一旁想了一會兒大聲對道：

「公雞有髻不梳頭」

人們無不稱讚他對得精妙。

28 洪秀全少年吟聯

太平天國領袖洪秀全，出身於廣東一個貧苦的農民家庭，七歲時得到親友資助，讀了幾年私塾。他少年時，一年夏天，在一個星光燦爛的夜晚，和幾個小夥伴到池塘游泳，看到空中點點閃爍的繁星倒映在池塘裡，經小夥伴們一攪動，頓時波光翻滾，滿池生輝。他即興口吟一聯：

「夜浴魚池，搖動滿天星斗」

「早登麟閣，力挽三代乾坤」

「麟閣」即「麒麟閣」，蕭何造。漢宣帝時，曾繪霍光等十一功臣像閣上，以表揚他們的功績。

這副對聯表現了洪秀全少年時期即胸懷大志。

洪秀全從十六歲起，數次赴廣州應試不第。鴉片戰爭後，國勢日衰，他決計推翻清王朝，於一八五一年一月十一日在廣西桂平縣金田村發動武裝起事，建立了太平天國。

29 張之洞童年對友人

清末洋務派首領張之洞，直隸省（今河北）南皮縣人。童年時，館師想考考他的文才如何，即景出一上聯：

「駝背桃樹倒開花，黃蜂仰采」

張之洞很快便對道：

「瘦腳蓮蓬歪結子，白鷺斜視」

又有一次，張之洞遊漢陽，友人出一上聯：

「洛陽橋，橋上蕎，風吹蕎動橋未動」

張之洞目視江水，隨口對道：

「鸚鵡洲，洲下舟，水使舟流洲不流」

30 梁啟超十歲對其父

梁啟超十歲那年，隨父親到新會城應童子試，在秀才李兆鏡家作客。一天早晨，梁啟超步出庭院，見杏花盛開，煞是美觀，便忍不住隨手摘了一枝，恰巧在這時，父親走了出來，他怕父親責備，即把杏花藏於袖中。其實，父親早已看見了，即出聯要他對，如果對不上來就要受處罰。父親遂念道：

「袖裡籠花，小子暗藏春色」

梁啟超一抬頭，看見廳堂裡掛著一塊鏡子，靈機一動，即答道：

「堂前懸鏡，大人明察秋毫」

這時，李秀才也走了過來，即興地又出一聯：

「推車出小陌」

梁啟超很快對道：

「策馬入長安」

李秀才一聽，連聲稱讚。

31 李仕彬童年對先生

清末，湖北省蘄水名士李仕彬，小時候勤學好思，聰穎過人，人稱神童，先生對他格外喜愛。有一年大年初一，他父親背著他，去給先生拜年。先生望著他的藍褂子，笑著出對道：

「三尺天青褂」

李仕彬從父親背上下來，邊向先生拜年，邊想來時經過藥店，見

藥櫃上寫著藥名，即隨口對道：

「六味地黃丸」

這時，師娘正上樓，先生道：

「登樓望南北」

李仕彬從荷包裡取出糖炒黃豆，邊走邊吃著對道：

「行路吃東西」

先生望著門外的斷橋，出對說：

「今日過斷橋，斷橋何日斷」

李仕彬應聲答：

「明朝奔明月，明月幾時明」

先生指著書案上的燭台說：

「火燭沖天亮，文光射斗」

李仕彬略一思索，取出隨身帶的爆竹，點爆應道：

「驚爆落地響，怒氣衝天」

爾後，先生頗費心思地又出一聯：

「除夕月無光，點幾盞燈為乾坤增色」

李仕彬抬頭四顧，見神龕上有一鼓，隨即疾步上前，揚槌一擊，對道：

「新春雷未動，擊數聲鼓替天地宣威」

先生出了一連串的對子，無一難住李仕彬，先生喜不自勝，連連稱讚：「真神童也！」

32 劉詩亮應對拜師

清末，四川內江稗木鎮人劉詩亮，十多歲時便在他家的黃糕鋪打雜，一有空閒就讀書。他聽說鎮上有個算卦的王先生很有學問，便時常前往請教。

一天，劉詩亮又來想王先生請教問題，王先生笑著對他說：「我出個對子，你如果能在三天之內對出下聯，我就收你為徒；對不上，就作罷。」劉詩亮喜出望外，滿口答應。

王先生說：樟木鎮街道東通重慶，西通成都，兩邊都是茶館，我

就以此給你出一個上聯吧。」他念道：

「兩頭是路穿心店」

劉詩亮想了半天也對不上來，他回家後苦思兩日，仍不能對。第三天他凝望窗外滾滾的沱江，又看看自己住的非常矮的小閣樓，忽然，靈機一動，就興奮地跑去對王先生說：「老師，我對上了！」接著，他聲音朗朗地吟出了下聯：

「三面臨江吊腳樓」

王先生連連贊說：「對得好，對得好！我沒料到你能對上這個絕對。我收你為徒弟了！」從此，劉詩亮在王先生的悉心教導之下，學業進步很快。

33 林則徐應考

清代愛國英雄林則徐，幼年時參加科舉考試，他父親怕他遠行疲勞，便讓他騎在自己的肩上，馱著他走到考場。

主考官見他是個未成年的孩子，便有意跟他開個玩笑，說要他對上一句上聯，方准進入考場，並即景出上聯說：

「以父作馬」

林則徐的父親一聽，立刻羞得面紅耳赤，覺得受了莫大侮辱。但林則徐眼珠一轉，立刻應對說：

「望子成龍」

主考官聽了，覺得這對句不僅為其父解了嘲，而且把原來的貶抑戲弄化為褒揚讚美，很是滿意，於是便高興地放他進了考場。

34 莊有恭對聯拾風箏

莊有恭是清朝乾隆年間的狀元，小時候就聰明過人。

少年莊有恭十分喜愛放風箏。一次，他和幾個孩子一起放風箏，不料，突然一陣狂風，把風箏吹進鄰居將軍府的花園裡。一時間，大家都沒了主意，怕惹是生非。莊有恭一言不發，隻身一人向將軍府走

去，準備進去尋找風箏。說來也巧，將軍府的門房竟未攔他。莊有恭進得園中，將軍正與客人下棋。將軍抬頭一看，原來是到園中撿風箏的，再仔細看時，小孩神氣非凡。將軍有心考他，提出和他對對子，莊有恭欣然同意。將軍撚著鬍鬚，指著廳堂上掛的畫吟道：

「舊畫一堂，龍不吟虎不嘯，花不聞香鳥不叫，見此小子可笑可笑。」

莊有恭低頭略思片刻，猛抬頭，眼神爍爍，手指棋盤，高聲誦道：

「殘棋半局，車無輪馬無鞍，炮無煙火卒無糧，喝聲將軍提防提防。」

將軍、客人一聽，相對大笑。從此，莊有恭「神童」之名遠播四方。

國家圖書館出版品預行編目(CIP)資料

有趣的對聯小故事 / 李屹之編著 . -- 初版 . --
臺北市 : 華志文化事業有限公司 , 2022.10
面 ;　公分 . -- (休閒生活館 ; 5)
ISBN 978-626-96055-7-6(平裝)

856.6　　111013476

休閒生活館 5

有趣的對聯小故事

編　　著	李屹之
封面設計	王志強
執行編輯	陳欣欣
執行校對	楊雅婷
企　　劃	簡煜哲
社　　長	吳志文
出 版 者	華志文化事業有限公司
	THEWAY INTERNATIONAL CULTURAL, LTD.
地　　址	11687 台北市文山區景華街 147 巷 13 號 1 樓
電　　話	0937075060
E-mail	theway.a1688@msa.hinet.net
郵政信箱	11659 文山木新郵局第 7 號信箱
劃撥帳號	12935041（旭昇圖書有限公司）
出版日期	2022 年 11 月　初版 1 刷
總經銷商	旭昇圖書有限公司
電　　話	(02)224581480
傳　　真	(02)22421479
書　　號	C105
售　　價	260 元

華志文化